가슴마다 꽃으로 피어 있어라

5월시 판화시집
가슴마다 꽃으로 피어 있어라

초판 1쇄 인쇄 2020년 5월 10일
초판 1쇄 발행 2020년 5월 18일

지은이 박주관 나종영 김진경 윤재철 나해철 이영진 곽재구 최두석 박몽구
판화 조진호 김경주
펴낸이 김연희
주간 박세경

펴낸곳 그림씨
출판등록 2016년 10월 25일(제406-251002016000136호)
주소 경기도 파주시 광인사길 217(파주출판도시)
전화 (031) 955-7525
팩스 (031) 955-7469
이메일 grimmsi@hanmail.net

ISBN 979-11-89231-36-1 (04810)
ISBN 979-11-89231-28-6 (세트)

이 도서의 국립중앙도서관 출판예정도서목록(CIP)은 서지정보유통지원시스템 홈페이지(http://seoji.nl.go.kr)와 국가자료공동목록시스템(http://www.nl.go.kr/kolisnet)에서 이용하실 수 있습니다.(CIP제어번호: CIP2020018240)

5월시 판화시집

# 가슴마다 꽃으로 피어 있어라

박주관 나종영 김진경 윤재철 나해철 이영진 곽재구 최두석 박몽구
판화: 조진호 김경주

그림씨

# 머리말

시가 도대체 얼마만 한 힘을 발휘할 수 있을까?

문학이, 예술이 도대체 얼마만 한 힘을 발휘할 수 있을까?

우리는 종종 자신을 거대한 모순 덩어리인 세계 앞에 선 외로운 개인으로 느끼고, 무력감에 빠지기도 한다. 더구나 모든 변화가 거부되는 경직된 상황 속에서 거대한 모순 덩어리인 세계는 움직일 수 없는 벽처럼 느껴지기도 한다. 그러나, 이러한 행위불능성行爲不能性이야말로 사람과 사람 사이의 믿음과 사랑을 파괴함으로써 우리를 무력한 개인으로 파편화하는, 이 사회에 가득한 소외와 비인간화의 결과가 아닐까? 세계 앞에 서 있는 개인, 앞에 고정되어 있는 세계를 마치 수술대에 놓인 환자를 다루듯이 치료하는 문학, 예술이야말로 소외와 비인간화가 빚어 낸 환상에 불과하다.

우리는 근본적으로 이웃과의 관계 속에 있으며, 세계는 나와 이웃과 이웃에 속한 모든 것과의 관계 이외에 아무것도 아니다. 그러므로 우리는 세계 속에 있으며, 매일 살아가는 우리의 삶이 이 모든 것과의 관계로서의 세계를 변화시키는 실천과 무관하지 않다. 시, 문학, 예술은 이 관계로서의 삶을 진정한 관계의 비전 속에서 그려냄으로써 세계를 수정하려는 실천적 행위이다. 이 실천적 행위의 주체는 그러므로 한 개인이 아니다. 이 관계 속에 있는 우리와 우리의 이웃들이다. 한 사람의 언어가 모두의 언어로 되는 것, 모두의 언어가 한 사람의 언어로 되는 것, 이것이 시며, 문학이며, 예술이다.

따라서 시가, 문학이, 예술이 얼마만 한 힘을 발휘할 수 있을까라는 질문은 시가, 문학이, 예술이 얼마나 가열된 우리와 우리 이웃들과의 만남의 광장일 수 있는가로 고쳐져야 한다. 이 질문에 대한 하나의 조그만 대답으로 우리는 시와 판화의 만남의 자리를 마련하였다. 그러므로 이 장소를 단순히 시와 판화를 모은 장소라 생각해서는 안 될 것이다. 이 장소는 시와 판화의 만남, 관계 그 자체일 뿐이다. 적어도 이 장소에서는 시와 판화가 따로 떼어져 얘기되어서는 안 된다. 시는 판화의 순수하고 날카로운 선에 많은 의미 관련을 맺어 줄 것이며, 판화는 시의 많은 의미 관련을 날카로운 선에 집약시켜 응집된 힘이 되게 할 것이다. 그리하여 우리의 이 만남은 모든 경직된 의식을 꿰뚫고 녹임으로써 이 세계를 변화시키려는 조그만 노력이다.

1983년 여름

김진경

# 시, 판화 작업을 마치고

시를 주제로 한 판화 작업을 나는 새로운 감각으로 반갑게 시작하였다. 언어로 표현되는 시의 관념이 나의 관념 속에서 형상화되는 과정에서 애호점이 많이 있었지만 나름대로의 즐거움은 있었다.

구체적인 주제가 설정되어 있는 상황에서 언어를 하나의 독립된 형상으로 착화시키는 것과 그 형상이 판화의 독특한 표현 기법 과정을 거쳐 화면에 나타났을 때 시의 본래 뜻이 왜곡되지 않나 하는 의문점이 있긴 하다.

나의 작업 과정이 시인의 시 쓰는 과정과 같지 않을진대 양자의 합일점올 찾기는 어려웠지만, 현실의 아픔을 찾아 따사로운 어머니의 손길로 어루만지는 듯한 시의 느낌을 미래에 대한 희망 속에 표현하려고 노력했다.

판화의 특성이 대중과 쉽게 이야기를 할 수 있다는 면에서, 나의 성격과 즐겁게 맞아 일반회화 작업을 하면서 판화 작업을 하고 있다.

시와 판화를 연결하는 작업을 하고 나서, 이번 '5월시 판화전'이 기존 시화전을 탈피하여 대중에게 직접적으로 전달할 수 있는 계기가 마련될 수 있는 기회였으면 하고 바란다.

1983년 여름

조진호

# 시와 판화의 새로운 통로를 위하여

우리 주변의 많은 그림들은 오늘날 순수에 바탕을 두고 극대화되기만 하는 그 전문성 때문에 관람자와의 통로를 잃고 있다고 생각합니다. 그 어려운 그림, 우리 주변의 삶의 양태들과는 전혀 무관한 듯한 그림들의 이면에는 여러 원인, 여러 가지 힘의 변수가 작용하고 있겠지만, 어떻든 '하는 사람'과 '보는 사람' 사이의 거리는 좁혀져야 한다고 믿습니다.

노래가 동시에 여러 곳에서 불릴 수 있고 시 또한 여러 곳에서 읽혀질 수 있는 힘을 지닌 반면, 유독 미술이라는 작업만은 그 일품성一品性 때문에 전시장 안의 미라가 되거나 특정 애호가의 독점물이 되고 만다는 사실이, 복제 가능한 장르인 판화로 하여금 '전달'이라는 기능의 확산을 수행토록 해 볼 수 있지 않을까 기대하는 요인이 아닌가 생각합니다.

언어에 의해 설정된 시의 테마를 두고 판화라는 작업을 통해 시각적으로 형상화시킨다는 일이 판화가 갖는 표현상의 제약, 표현매체의 상이함 등으로 인하여 많은 어려움들이 있었고 내 자신의 능력 부족으로 소화해 내기 힘든 점들이 많았지만, 한편으로는 한 편의 시가 갖는 내용과 상황에 적확하게 부합되기를 바라기보다는 시는 시대로 판화는 판화 나름으로 자율적인 질서를 갖더라도 대상을 바라보는 시각 자체가 동질성을 지닐 때 (이를테면 아픔을 어루만진다든가 우리들의 삶에 희망, 애정들을 쏟아 넣고 싶다든가……) 그러한 어려움들은 극복될 수 있시 않을까 생각해 보았습니다.

하지만 시 원고를 받아들고 읽어 내려갔을 때 느꼈던 뭉클한 감동들에는 못 미치고 만듯하여 부끄러움이 앞서고 시와 판화가 만나게 되어 서로 그 기능이 배가되기를 희망하고 시작했던 작업이 나의 서투른 판화들에 의해 오히려 장애가 되지나 않았는지 염려됩니다.

1983년 여름

김경주

차례

판화 차례

# 박주관。

# 봄밤에 비는 내리고

모두들 떠나가고
죽어간 자리마다 하늘은 푸르르고
그리운 남쪽 꽃이 피고
나루터에서 여인은 울며 가고
사내들 몇몇이 돌아오고
지워지지 않는 목소리로 적셔드는
봄밤에.

김경주, 「봄밤에 비는 내리고」, 29×20㎝

김경주, 「보리밭 가에서」, 20×29㎝

# 보리밭 가에서

의자왕의 정액이
너희들의 발목까지 적시고 있구나
넓디 넓은 우리네의 들판에
깜부기 깜부기만이
죽어가는 치마폭에서 살아나고
남쪽 어디에서나 불이 불을 낳는구나
저기 저 절벽을 돌아
뱃사공의 머리도 베어버리고
아이들 손목마저도 끊어버리고
먼지 많은 고을마다
먼지를 선사하는 무리들
궁궐은 그네들이 토해내는
오물과 쏟아내는 배설로 씻겨 가고
밟혀져 뿌리뽑힌 보리밭 가에
어머니와 삼촌은 울기만 하고
떠나는 사람 하나 없구나.

김경주, 「춘몽」, 26×28㎝

# 춘몽

꿈에서 깨어줘 망할 것들아
깨어나 달려가 거리에서
가랑이를 벌리려거든
폭포가 곤두박질하다가 떨어지는
그 순간의 사정처럼
아 하고 외치던 그날의 함성처럼
신나게 벌려 주어라
봄에 관계하는 것들은
피보며 노래부르며 우리 곁에서
떠날래도 떠나지 못한
우리 몸속에 깃들어 있는 꿈같은 것이니.

김경주, 「하얀 고무신」, 29×20㎝

# 하얀 고무신

여보 여보 나 죽거든
고향에다 묻어주시요
흰 고무신 한 켤레 노잣돈 오천 원이
중환자실에 놓여 있었다.
매형은 정치집회에서 돌아오지 않았고
휴가 나온 나는 우연히 죽음을 만났다.
조 어린 것들이 불쌍하다는
어머니의 넋두리만 영안실에 울려 퍼지고
행정적인 절차가 진행되고 있었다.
병으로 죽은 자들이
이 도시에서는 수없이 많지만
서울이 곧 대한민국이 아니라는 사실을 알고
고향으로 가서 묻힌 사람은 몇이나 될까
어떤 모습으로 몇 평의 땅을 사서 묻힐지 알았으리
조 어린 것들이 언제 커서
고향 떠난 이 에미의 슬픔을
양지바른 무등산에 묻어줄까
봄날의 따뜻한 햇볕만 내리쬐는
시립병원 광장엔
꼬마 셋이서 낯선 사람들을 치어다보고만 있었다.

김경주,「아버지의 저녁」, 29×20㎝

# 아버지의 저녁

물 한 사발 가래기침 속에
숨어 있는 용추폭포 아침은 밝았지만
나라 찾은 뒤 동강난
모래 위 담양 철교 같은
당신의 허리를 껴안아 봅니다.
저물어 가는 이 한 밤
링게르병의 소리만 듣습니다.
매디진 손을 잡아 봅니다.
한 평의 땅도 가질 수 없었고
힘없는 주먹만 하늘을 향해 올렸다가 내리던
피난 이후의 남쪽생활 숱한 나날 속에서도
당신의 저녁은 언제든 눈뜨고 있었어요.
삼십여 년 동안 폭격소리만 들으면서도
아무 말 하지 않았지만 숨죽이진 않았어요
대동강 근처에서 자식 셋을 주었고
극락강변에서 넷을 뽑았던
당신은 반도 전체를 떠민 채
한 생애를 떠돌아 다녔어요
당신이 부려먹은 아내와
배워도 망설이는 자식들만 눈감으려는
우리네 부서지지 않는 아버지 앞에서
무엇을 해야 합니까

# 나종영

눈길
저녁놀
사육신
공옥진
봄을 위하여

김경주, 「눈길」, 24×20.5㎝

# 눈길

밤길 사람들은 보이지 않고
멀리서 불빛만 살아나는구나
소리없이 죽어 내려 앉는 모습에
아름다움을 느끼는 그대 처연한 사랑
젖은 목소리로 눈발이 내리고 벌판 너머
우리가 함께 걸어야 할 길이 열리는구나
사람의 삶 찾아가는 것이 별빛 따라가는 것인지
눈덮인 산도 언 강물도 말이 없는데
숨쉬며 살아 있는 몸 부끄러워
어둑 새벽 가슴을 치며 흔들어 깨우던
그대 가던 길 위로 흰 눈이 흩내려 쌓이고
어두운 이 땅 아득할수록 별빛은 살아
봄이 오는 길섶 꺾인 넋
뜨겁게 안고 가는구나

김경주,「저녁놀」, 29×20㎝

# 저녁놀

풀잎도 돌아눕는 저물녘
작은 새 한 마리 이슬을 긷다가
날아가 버리고
수많은 사람들 맨가슴을 쥐며
쓰러진 하늘에
빛이 터지고 있다.
훨훨 날아간 새와
울며 끌려간 사람들 발자국, 봄들판에
오랜 세월 그리움 남아 있어
먼 산 넘어가는
누구 한 사람 뒷모습
부르는 울음이 붉게 타고 있다.

김경주, 「사육신」, 21×27㎝

# 사육신

지금은 꽃으로 피어 있어라.
흙바람 몰아치는 노량진 언덕
강건너 잠든 도시 깨우치며 피어난
백목련 새하얀 꽃잎이어라.
청령포 깊은 계곡 갇혀 있는 어린 님
땅 위에 두 임금 섬길 수 없어
오뉴월 모래톱에 뿌린 붉은 피,
선연한 핏자국 흘러
지금은 새벽강 검푸른 강물이어라.
단근질 쇠인두질 당하면서도
나라 위한 곧은 마음 굽힐 수 없어
희광이 그대 짓밟아 갈가리 몸 찢기어도
스스로 뛰어든 죽음을 넘어선 죽음,
오늘은 만사람 가슴에 남아
먹장구름 쳐내는 번개 칼날이어라.
여우바람 이는 황사 속 가위 위에
타는 흙무덤 목마른 고갯길 구비마다에
사월의 꽃으로 피어 있어라.

김경주, 「공옥진」, 20.5×16.5㎝

## 공옥진

벌판으로 오라고 하네
바람 앞에 서라고 하네
자주달개비꽃 입에 물고
울먹이며 가는 발길
앞산은 나더러 허튼춤 추라 하고
뒷산은 나더러 곱사춤 추라 하네
설운 마음 깊어 망초꽃 딱지꽃
머리에 꽂고 옴족옴족 넘는 갈재마루
내 무얼 넘지 못해 눈물이 앞을 막나
내 사랑 눈물로 져 그믐달이 되었구나
내 님은 모르리 내 목숨 모진 꿈
소리판 설운 사연 아무도 모르리
앞여울 나더러 병신춤 추라 하고
뒷여울 나더러 봉사춤 추라 하네
절뚝발이 앉은뱅이 안팎곱사 이슬털이
한 덩어리 넋을 불러 자진거리 뛰고 나면
들꽃도 춤을 추고 갯바람도 노래하네
목놓은 덜미소리 달빛 밟고 어디 가나
큰 바다 고여 있는 내 설움 어디 가나
내 사랑 나의 춤 한이 된 나의 소리
벌판의 바위가 되라 하네
바람 앞의 칼날이 되라 하네.

김경주, 「봄을 위하여」, 14.5×21.5㎝

# 봄을 위하여

머리 풀고 가야겠네
삐비꽃 움켜쥐고 네가 넘던 곳
네가 가서 오지 않는 흙바람 속으로
눈을 감고 가야겠네
오월 하늘 밑 참꽃 붓꽃 피멍울져
피어도 어지러워 어지러워
두 눈 뜨고 설 수 없는 이곳
외줄 어름에 내 몸 맡기고
에헤라 가야겠네
어둠 속 홀로 밟고 가야 할 길은 하나
몸던져 지켜야 할 사랑은 하나
찌든 눈물은 흐르는 물에 놓아두고
아픔은 뒷산 멧부리 깊숙이 묻어두고
까치걸음 새우걸음 노루걸이 가야겠네
새벽 햇무리 사이로 눈부셔 부서지는
피투성이 너의 얼굴
두 번 세 번 손사래치며 몸을 떠는
여윈 넋 찾아가리 에헤라
녹밧줄 어름에 별빛이 뜨네
덩더꿍 칠채가락 흰부채 바람이 부네
펄흙 갈숲 넘어 오는 봄
엎어진 길 너를 찾아가야겠네

# 김진경。

이화중선李花仲仙
비노래
쥐불
섬진강
큰 장수하늘소

조진호, 「이화중선」, 19.7×21.3㎝

# 이화중선李花仲仙

소리를 못하는 날은
화투를 꺼내 재수를 떼고
딴전 피듯 먼 산 향해 담배를 피우지만
그래도 수은 먹은 듯
명치에 고이는 뜨거움은 한웅큼 객혈로나 토해낼까
하릴없이 차려 입은 진주 치마폭
진달래꽃 가득히 피워나 볼까
선무당 시나윗 가락으로 살아온 년
나라님이 누구님인지 알 수 없지만
소리도 빼앗겨 가슴엔 듯 눈엔 듯
엉기는 핏덩이
누워도 일어서도 춤을 추어도
으쩌꺼나 으쩌꺼나 으찌헐꺼나
흐르지 않는 폭포는 독이 되어 가슴을 뚫고
선잠 이룬 밤에는 희디 흰 손에 이마를 스치우고
소스라쳐 일어나 흐르는 식은땀. 가야 하리
오, 가야 하리
몸은 다 버리고 새파랗게 날 선 소리로만 가야 하리
골골이 잠긴 어둠 속을 접동새 울음으로나 찾아가야 하리
어릴 적 바다 깊이로부터 달빛 속으로
헤엄쳐 오르는 갈치의 눈부신 퍼득임처럼
저 어둠 속을 찾아가야 하리.

# 비노래

내 고향은 전라도 화순인데요
지금은 몸이 없어 갈 수 없어요.
서울 올 때 비단보에 고이 싸온 처녀몸은
오늘 보니 고운 재가 되어 있어요.
마음은 고향길 따라 꽈리를 불며
연못에 앉은 물오리를 쫓아보지만
이제는 몸이 없어 갈 수 없어요.
밤마다 흩어지는 재가 되어
고향집 추녀 밑에 서성거려도,
꿈을 깨면 술취한 당신들의 허망한 새벽.
냉수에 섞이는 씁쓸한 물맛으로나
섞여서 흐르다 스러져요
마음은 장성 갈재 구름으로 서성여도
이제는 몸이 없어 갈 수 없지요.

조진호, 「비노래」, 19.5×26.5cm

# 쥐불

어릴 적 아침 밥상머리에서 문득 집에 가야지 하는 생각에 벌떡 일어서면 기실 나는 집에 돌아와 있으므로 돌아가야 할 집이 없었다.

그래도 가야 할 곳이 어딘가 있다는 생각은 어쩔 수 없어 들판에 나와 서면, 들판의 끝 막막한 하늘이 부르는 소리에 취하고, 가시덤불 칡넝쿨에 얽혀 돌아오는 저녁, 진압될 수 없는 반란처럼 우리들이 피우던 불꽃

지금은 도시의 어느 아파트, 문득 조여 오는 벽들에 놀라 일어나, 막막한 어둠 속을 헤매다 찾아드는 너의 자취방, 꽁치통조림과 빼갈을 앞에 놓고 무슨 말인들 어떠랴. 어릴 적 우리들이 피우던 불꽃, 지금은 도시의 어느 곳 칙칙하게 달라붙는 어둠을 잘라내는 우리들의 칼날, 우리들의 말인 것을.

조진호,「쥐불」, 20.5×27㎝

# 섬진강

화개장날
어머니가 머리에 이고 가는 대바구니에
짙푸른 녹색으로 실려 가던 섬진강은
오늘 보니 철산리 안양 천변
붐비는 노점상들 사이를 청청하게 흐르고 있다.
희끗희끗 눈발이 흩날리면
사과궤짝을 태우는 불티 속에서
검붉은 얼굴들이 불알을 구우며 낄낄거리다
노점단속반과 싸우기도 하고
아들 못 낳아 소박맞은 장모님의 푸념이
불티 속에 뒤섞여 훈훈하게 부대끼기도 한다.
책방도령이 무얼 하겠냐고
고집을 피우는 장모님의 손수레를 따라가다 보면
문득 시흥 쪽의 어둠 속에 떠 있는 불빛들이
강물을 거슬러 오르는 은어떼처럼
어둠을 반짝이고
강물을 반짝이고 부대끼며 흐르다가
여울목에서 청청하게 되살아나는 소리를 듣는다.

조진호,「섬진강」, 27×19㎝

조진호,「큰 장수하늘소」, 19×27㎝

# 큰 장수하늘소

국민학교 자연시간
큰 장수하늘소는 천연기념물이라고 떠드는
선생님의 눈을 피해
우리들의 집게벌레는 책상 위를 돌진하고 있었다.
삼팔선을 넘어 나의 집게벌레가 돌진하면
너의 집게벌레는 책상의 끝으로 몰리고
너는 주먹으로 내 집게벌레를 으깨버렸다.
싸움이 벌어지고

복도에서 벌을 서며, 너는 고아원을 탈출하겠노라고
여름방학이 되도록 너의 책상은 비어 있었다.
사람들은 네가 빨갱이 자식일 거라고도 하고
어떤 아이들은 옥녀봉 부근 고구마밭에서 널 보았다고도 하고

나는 비어 있는 너의 자리 곁에서 항시 꿈꾸었다.
네가 땡감을 꺾으러 오르는 거대한 나무를
너는 잔가지를 툭툭 꺾어내리며 껄껄거리고
나는 힘센 장수하늘소처럼
네가 멀리 날아가는 것을 꿈꾸었다.

그러나 어느 겨울날 너는 돌아와
고드름이 매달린 고아원 추녀 밑에 햇빛을 쪼이고

철조망에 매달려 부르는 나를 향해 욕설을 퍼부으며
고드름을 따서 던졌다.

아무도 들여다보아서는 안 될 너의
그늘을 나는 들여다본 것일까.
돌아오며 나는 우리들의 그늘을 가슴 깊이
묻고 있었다.

# 윤재철。

가난한 나라의 꽃
담쟁이
여의도 B29
분노
송광사에서

# 가난한 나라의 꽃

가난한 나라의 꽃은 설움일다
가난한 나라의 꽃은 악다귀
가난한 나라의 꽃은 입으로 삼키는 꽃일다.

그리하여 네가 네 속에 하나의 씨를 가질 때
나는 너를 연민한다.

네가 네 속에 하나의 씨를 가질 때
나는 나의 신명을 다해 한 편의 시를 쓰고

네 여린 꽃잎으로 본다
네 여린 대궁이로 본다
네가 가난한 나라의 아름다움을 받쳐든 때
나는 나의 혼신으로 가시가 되고 싶다.

살아간다는 것은 끝없는 거역
그리하여 네가 젖은 입술로 한 마리 나비를 날게 할 때
네가 지키는 바다는 간단없는 목숨의 신앙이 된다.

조진호, 「가난한 나라의 꽃」, 19×27㎝

조진호, 「담쟁이」, 14.5×20㎝

# 담쟁이

앞으로 갈 수 없는 길은
기어오르는 것인가
벽이면 담이면 달라붙어
드디어는 넘어서는 것인가

교육원 붉은 벽돌담에 달라붙어
뻗쳐 올라간 너를 보면
우리들의 사랑은 노래가 아니라
달라붙는 것임을
달라붙어 소리없이 넘어서는 것임을
알았다.

그리하여 벽은 더 큰 사랑이 되고
더 큰 절망이 되고
절망은 뿌리박고 살며
뿌리박고 넘어서는 일임을 알았다.

부정이 긍정이 되고
다시 긍정이 부정이 되는
소리없는 싸움과 삶의 논리를
너는 뿌리같은 네 몸으로 엮어
보이지 않는 작은 균열로부터

보이지 않는 작은 뿌리를 심으며
오늘 너는 소문없이 기어오르고 있다.

# 여의도 B29

내 기억 속에 살아
죽지 않는
피묻은 매 한 마리
버스를 타고 지나가면
무심히 내 꿈의 나라를 초계하고
내 꿈의 꿈의 끝까지 날아와
다시 사방으로 닫혀버린
찰흙 비행기
어린 시절, 풀잎들의 나라
어쩌면 아름다운 꿈의 비행기.
끊어진 임진강 철교 한 토막이
다시 피묻은 매 한 마리
은빛 날개, 폭음을 울리며
잠들 사이도 없이, 우수에 잠긴
내 꿈의 나라를 폭격하고
타지 않는 금속성의 오랜 슬픔
폐허를 넘어, 반도
구멍난 우리들 슬픔의 한 동체
무너진 풀잎들의 나라
날아오르다 날아오르다
피묻은 매 한 마리
황혼녘 여의도 광장에 서서

조진호,「여의도 B29」, 27×20.5㎝

젖은 부리를 닦고 있다.

조진호,「분노」, 18.5×27㎝

## 분노

게들이
눈물같이 작은 게들이
비닐함지 가득 바글거리며 기어오르고
게들이
동전같이 작은 게들이
거품을 물고 함지박을 벗어 나와
보도 위
꽃잎처럼 납작하게 밟혀 죽는다.
게들은
눈물처럼 작은 게들은
손이 그림을 그릴 수가 없다.
말로 말을 할 수가 없다.
단지 한 마리 두 마리 세 마리
게가 게로 몸을 잇고
분노가 분노로 바글거리며
함지 가득 손이 기어오르고
발이 기어오르고
함지를 기어올라 함지 밖으로 떨어져서
보도 위
자갈눈을 뜨고 밟혀 죽는다.
꽃잎처럼, 분노처럼, 게들이

조진호, 「송광사에서」, 15×20㎝

# 송광사에서

우리들의 눈 밖에도 또 한 세상 있음이
우리들의 발밑에도 또 한 세상 있음이
정처없이 떠돌거나 한 곳 머물거나
버려지고 하찮은 것이 오래도록 남아
또 한 세상 이루고 있음이
한여름 송광사에는
절도 떠나고 사람도 떠나고
하얗게 햇빛 쏟아지는 마당만 남아
그 한구석에 단단히 박힌 사금파리 하나는
농투성이의 손가락처럼 매디지고 닳아진 채
그것을 빼내면 마당도 절도 무너져 버릴 것만 같은
힘의 가운데에 있었다.
처마 밑 낙숫물 자리도 깨진 기왓장도
돌축대 밑 맨드라미도 잡초도
뒷곁 자루 빠진 녹슨 쇠스랑도 똥장군도
한여름 송광사에는
모두 사금파리 하나의 일로 살고 있었다.

# 나해철

강강수월래
노래를 위하여
개미핥기
영산포 2
영산포 7

# 강강수월래

그 날이 오면 우리가 추는 춤
복된 춤은 네가 되리라 강강수월래
손에 손을 맞잡고 가슴에 가슴을 이어
동쪽의 너도 서쪽의 너도
남과 북의 너도 하나가 되어
얼싸안고 뛰리라 강강수월래
어둠에 눕거나 칼바람에 베이거나
기다림에 눈 먼 너와 나도
빛이 터지는 자유의 하늘, 신새벽이 오면
오랜 열망의 날들이 오면
이 땅의 어디나 피는 봄꽃처럼 상기되어
우리가 추리라 강강수월래

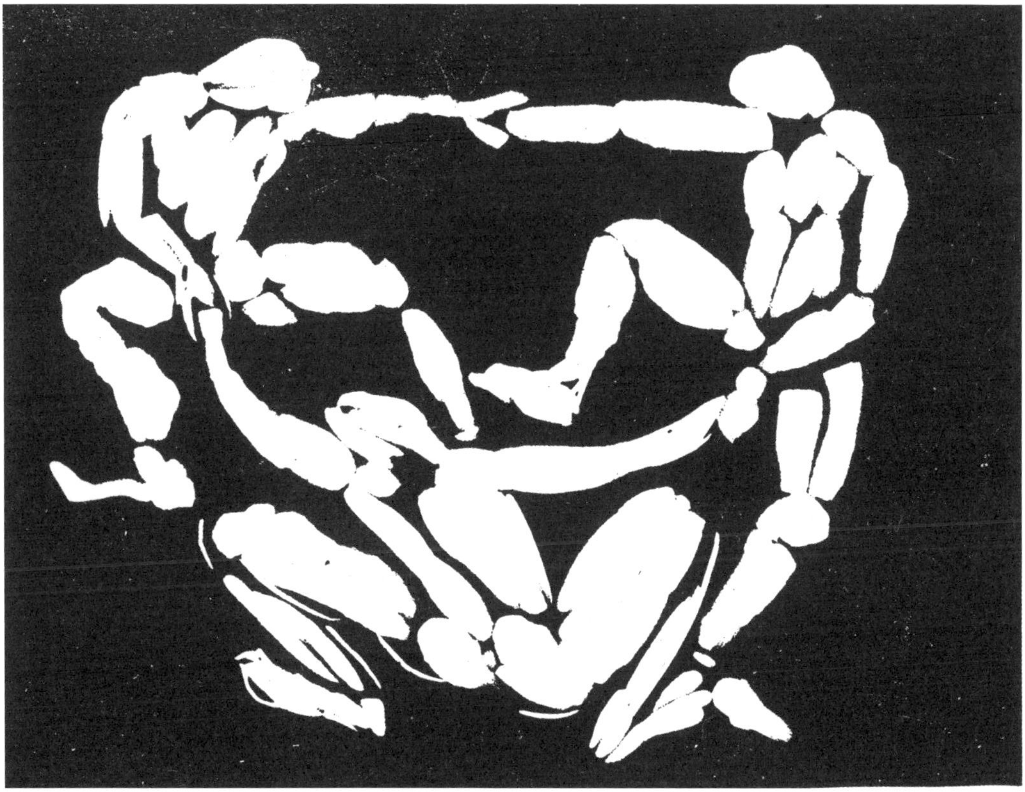

김경주,「강강수월래」, 29×21.5㎝

조진호, 「노래를 위하여」, 27×19㎝

# 노래를 위하여

젊은 가수여 너의 노래가 아름답다
찬 서리 오래 굳은 채 있었다면
한 소절 네 음성만으로도
빛, 긴 세월 기다림의 빛처럼
녹여 따뜻이 녹여 물이 되게 하는구나
그늘과 날마다의 한기를 걷어 양지쪽에 덥혀지게 하는구나
그러나 가수여 노래만큼 너를 기뻐하지 못하겠구나
마냥 행복해 할 뿐 슬픔을 위한
따뜻한 눈시울과 아픔의 바다가 너에게 없구나.
목이 쉬고, 가슴이 타고,
혼을 쥐어짜서 네가 외친다면
노래라 부르며 통곡한다면
너마저 찬란하게 아름다우리라
잊혀진 우리들의 사랑과 깨끗한 눈물,
영원한 것, 우리들이 살붙이라는 것,
가까이 팔 내어 모두들 껴안으면
곳곳의 죽음조차 깨어 춤추리라는 것을
뜨거운 숨길로 쪼개지는 가슴으로 이야기할 수 있다면
차라리 너는 행복하다
신새벽 몇 구절 나의 시보다 드높이
너의 노래는 향기롭고도 아름답다
이 땅의 젊은 가수여

# 개미핥기

측간에서 아침이면 화장지처럼 만나는 빳빳한 조간의
의젓함과 당당함으로
나는 늘 밑배에 힘을 주고
곧 다가올 상큼하고 시원해질 순간을 떠올리며
기뻐한다
그러나 올듯 말듯 오지 않는 좋은 세상, 천국의 소식처럼
어떤 날은 구린 것도 쉽게 이루어지지 않고
읽을거리만 하염없이 넘겨지고
어디쯤일까 아득해지는 가슴으로
용변을 포기하고 또 하루의 행복을 잡치며 운다
그럴 때면 꽃이 될 씨앗과 4월과 5월의 이른 발걸음,
기쁨의 풀포기를 찾기 위해 황량한
활자의 구릉 어디고 샅샅이 뒤진다, 개미핥기,
아프리카 어느 박토에 산다는 쓸쓸한 짐승처럼,
허기를 채우듯 희망과 꿈을 다시 일으키고
마치지 못하면 아무것도 이루어지지 않는 아침 용변을
다시 시작하여 끝끝내
끝내기 위하여
어떤 그리운 것들을 위한 기다림과
기도처럼

조진호, 「개미핥기」, 20×29㎝

조진호, 「영산포 2」, 20×27㎝

## 영산포 2

개산 큰집의 쥐똥바퀴새는
뒷산 깊숙이에 가서 운다.
병호 형님의 닭들은
병들어 넘어지고
술 취한 형님은
강물을 보러 아망바위를 오른다.
배가 들지 않는 강은
상류와 하류의 슬픔이 모여
은빛으로 한 사람 눈시울을 흐르고
노을 속의 운곡리를 적신다.
냉산冷山에 누운 아버님은
물결소리로 말씀하시고
돌절벽 끝에서 형님은
잠들지 않기 위해 잡풀처럼
바람에 흔들린다.
어머님 남평아짐은 마른 밭에서
돌아오셨을까,
귀를 적시는 강물 소리에
늦은 치마폭을 움켜잡으셨을까,
그늘이 내린 구진포
형님은 아버님을 만나 오래 기쁘고
먼 발치에서

어머님은 숨 죽여 어둠에
엎드린다.

## 영산포 7

돌아와
버려진 집터를 바라보는 우리는
부서진 구들 잡풀 곁에
아득한 몇 포기 패랭이꽃으로 선다.
눈시울에 달무리처럼 뜨는
문고리는 저만치 누워
가슴의 삼동三冬을 열고,
어머님 기다리시던
사립은 어디로 갔나
산쑥꾹이는 상수리 숲에서 그때처럼 울고,
아버님 곁
강변에 모신 어머니는
어디에 서 계시나
둘러보면 내린 산그늘,
평생 취하신 아버님을 고사리처럼
사랑하신 어머니
운곡리를 적시는 강물이 되실 때
뒤따르며 무너지던 산그늘,
오늘은
허물어진 집터에 그리운
집 한 칸을 세우고
물결소리로 가득한

조진호, 「영산포 7」, 21×20㎝

산그늘.

이
영
진。

풀벌레

휴전선

어느 고지에서

과꽃 1

과꽃 2

김경주,「풀벌레」, 17×19.5㎝

## 풀벌레

어디선가
풀벌레가 날아와 울어 쌌는다.

나는 멀리서도 어머니가 혼자 우는 소리를 듣는다.

한 세상
멀고도 가까운 감방 안에 앉아서도 듣는다.

어둔 밤
자유는 창살 밖 달빛 내리는
들녘에 있는 게 아니라
오직 내 몸안, 내 가슴 속에 있는 것
깨끗하게 비어 있는 귀로
나는 멀리서도 어머니의 성경책 읽는
소리를 들을 수 있다.

"내가 너를 심는 것은 온전한 참씨 심는 아름다운 포도나무어늘……"

야전병원 어둠 한 귀퉁이에 앉아 있는
내 빈 가슴속에 어머니의 울음소리가 자리 잡히면
아마 이때쯤에야

어머니, 당신의 그리운 눈가에도
소리없이 은빛 강이 흐를 것이다.

# 휴전선

어느 날 보이기 시작했다.
인생이 죽음이다 싶을 때 이상하게도
휴전선이 보였다.
책상 위에도, 거울 속에도, 재떨이 위에도, 밥상이나
내 막막한 가난 위에도
휴전선이 보였다.

휴전선의 철조망은
내 목숨을 따라 끝없이 이어지고 있었고
그것은 내 목숨의 한계였다.
내 일상의, 내 꿈의
더 나아갈 수 없는 한계였다.

하늘에도 휴전선은 가득 펼쳐져 있었고
나는 하늘을, 그 한계를
그 넘어갈 수 없는 슬픔을 고개를 젖히고 바라다보며
눈물이 났다.

깊은 하늘 속에서는
자꾸 맑은 눈물이 솟아났고
휴전선의 저 끝
저 끝에서 오는 찬란한 눈물

나는 내 목숨을 넘어, 밥상과 가난을 넘어
펄럭이는 성조기를 넘어, 한없이
한없이 차오르고 있었다.

다시 눈을 뜨고 바라다보는
이 세상의 모든 것들은
일제히 제 낡은 이름을 지워버리고 있었다.
푸른 가을 하늘 밑에는
아무것도 이름이 없었다.
휴전선도 꽃도 바람도 무덤도
나를 가두어 버리는 쇠창살도
그곳에는 마침내 아무 이름도 없었다.

남으로도 북으로도
그저 이름도 두려움도 모르는 빛나는
땅이 보이기 시작했다.

김경주, 「휴전선」, 16×38.5㎝

# 어느 고지에서

이름 없는 무덤
그대 한 칸의 낡은 집
키 작은 잡목보다 낮은 그대의 지붕 위에
철모를 쓰고 앉아
2km 전방의 눈금
가늠쇠 속으로 드러나는 휴전선을 본다.

지리시간에 한 나라라고 배운
아득하게 먼 나라의 산천을 바라본다.
우리가 알기도 전에 갈 수 없는 곳이 되어 버린 땅
그래서 이미 나의 지역이 아닌 곳을 향하여
총구를 겨누고 있다.

그러나 아메리카식 자동소총 M-16이여
상속된 유산처럼 총구 앞에 와 머무는 땅이여
우리는 한 번도 적을 만든 적도
스스로 적이 되어 본 적도 없었다.

하늘 아래 산들은
산들끼리 억센 어깨 든든히 걸쳐가며
첩첩이 모여 사는데
어디선지 먼 허공 속에서

나를 불러대는 것은 무엇이냐
애터지게 나를 부르는 것은.

총구 앞에서
마른 풀잎들만 바람에 흔들리고 있는데.

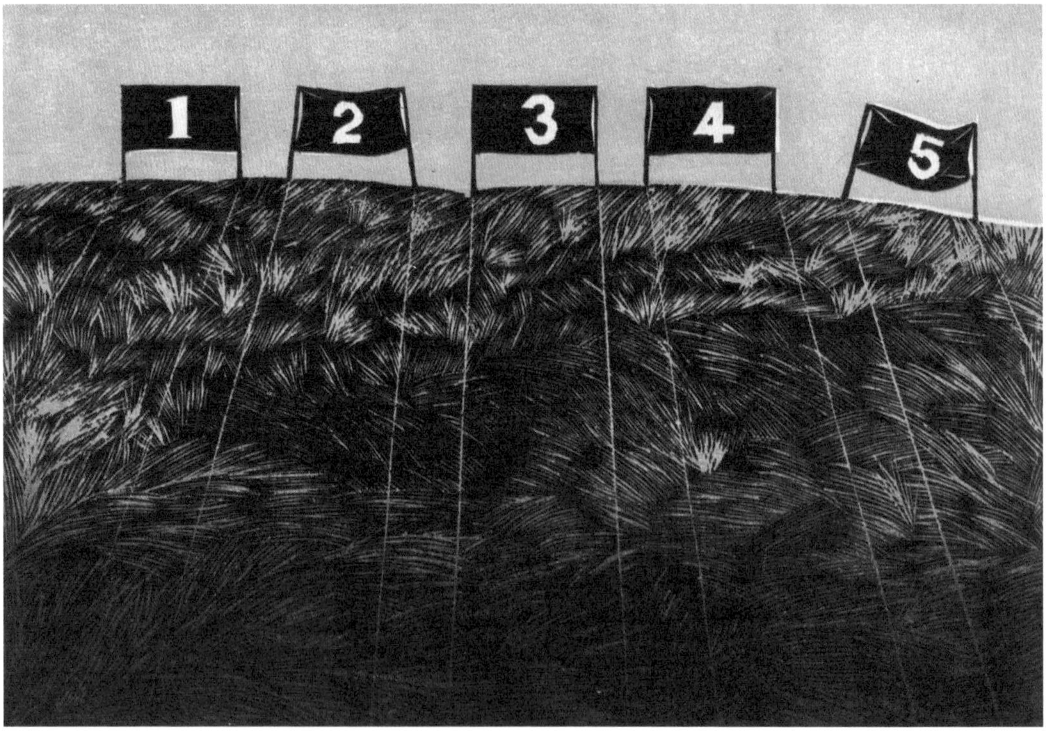

김경주, 「어느 고지에서」, 29×20㎝

김경주,「과꽃 1」,19×20㎝

# 과꽃 1

지방법원
구내식당 담벼락 밑
과꽃이 한 송이 피어 있다.

푸른 옷에 포승줄이 아름답기만 한 친구야
말을 할 수 없어
말문을 열 수 없어
커다랗게 열린 눈 속으로 뜨건 물기만 고여 오고
아름다운 것을 보면
왜 나는 언제나 부끄럽고, 슬퍼지도록 가슴이 아파오는 것일까
이렇게 설운 가슴으로
사람들을 바라다보면, 살아가는 속내를 들여다보면
어떤 보이지 않는 힘이
가지 끝에서 꽃을 끌어내고 있을까

너는 당당하지도 비굴하지도 않고
그저 한 송이 과꽃처럼 앉아서
사랑이란, 말이 아니라 행하는 것임을
겸손하게 보여 주고 있을 뿐

고개를 돌려 눈이라도 마주치면
모든 사람들은 다 제각기 가슴에 고여 있는

서러운 사랑의 빛깔로 반짝거리고
나는 눈물 대신
금지된 노래를 부르고 싶어진다.

# 과꽃 2

지방법원
구내식당 담벼락 밑
과꽃이 한 송이 피어 있다.

푸른 옷에 포승줄이 아름답기만 한 친구야
어떤 보이지 않는 힘이
가지 끝에 단단하게 매어 달린 꽃과
꽃의 정신을
땅바닥에 떨어지게 하는 것일까

닫힌 거리 넘어
소식이 끊긴 자리마다
다시 솟아오르는 꽃잎이여

금지된 것들 속에는
일체의 자유가 있고
일체의 빛나는 정신이 있고

꽃을 끌어내는 힘은 영원히 지워지지 않고
피어오르는 힘은
그 힘의 상징처럼
한 송이 과꽃으로 피어오르고

그저 무심히 살아가는 듯싶은 세상의 거리는
또 얼마나 가득 찬 완성인가
죽음마저 가까운 친구처럼 정겨워
힘이 솟는 밤
나는 저 금지된 곳을 향하여 간다.

김경주, 「과꽃 2」, 22×19.5㎝

# 곽재구

소국
희망을 위하여
구진포에서
절망을 위하여
사평역에서

# 소국

그리운 이 땅의
한 필 황포로 살아나
그리운 이 땅의
서러운 가을하늘 한 자락을
끌어안고 우는 키 작은 너는
아느냐 이 땅의 제일 후진
너와지붕 아래서도 그리움은 새 새끼를 치고
이 땅의 제일 추운
삼동의 칼바람 속에서도
봄꽃 뜨거운 산돌갓 한 송이
청산 속에 낫 갈고 숨어 살고 있음을.

조진호, 「소국」, 22.5×20㎝

# 희망을 위하여

너를
사랑한다고 말할 수 있다면
굳게 껴안은 두 팔을 놓지 않으리
너를 향하는 뜨거운 마음이
두터운 네 등 위에 내려앉는
겨울날의 송이눈처럼 너를 포근하게
감싸 껴안을 수 있다면
너를 생각하는 마음이 더욱 깊어져
네 곁에 누울 수 없는 내 마음조차 더욱
편안하여 어머니의 무릎잠처럼
고요하게 나를 누일 수 있다면
그러나 결코 잠들지 않으리
두 눈을 뜨고 어둠 속을 질러오는
한 세상의 슬픔을 보리
네게로 가는 마음의 길이 굽어져
오늘은 그 끝이 보이지 않더라도
네게로 가는 불빛 잃은 발걸음들이
어두워진 들판을 이리의 목소리로 울부짖을지라도.
너를 사랑한다고 말할 수 있다면
굳게 껴안은 두 손을 풀지 않으리.

조진호, 「희망을 위하여」, 18.5×26.5㎝

조진호, 「구진포에서」, 20×24.5㎝

# 구진포에서

몸 푼 강심에
돌들은 모여 무슨 꿈을 꾸는지
지난겨울 못다 운 울음이나
가슴의 금빛 나는 햇살로 엮어
물먹은 봄빛이 다리 아래 떨어진
꽃잎들을 다시 서러웁게 울리지는 않는지
한달음에 자운영 강둑길을 달려
그리움보다 먼저
떨어진 꽃잎들이 밀려오는 다릿목 아래
내 스무 살 적 보리피리와 함께 서 있으면
사랑이여 속살 푸른 강물 속에서도
그리움은 더욱 푸르러 물이끼로 설레고
마음보다 먼저 몸이 작아져서
겁먹은 얼굴 잊혀진 이름들조차
강물에 풀어 다시 올릴 수 없을 때
저 슬픈 많은 은모래 한 알에도
이제는 어쩌지 못할 세상의 서러운 한들이
가슴의 불들로 물 위를 흘러가겠네

# 절망을 위하여

바람은 자도 마음은 자지 않는다
철들어 사랑이며 추억이 무엇인지 알기 전에
싸움은 동산 위의 뜨거운 해처럼 우리들의 속살을 태우고
마음의 배고픔이 출렁이는 강기슭에 앉아
종이배를 띄우며 우리들은 절망의 노래를 불렀다
정이 들어 이제는 한 발자국도 떠날 수 없는 이 땅에서
우리들은 우리들의 머리 위를 짓밟고 간
많고 많은 이방의 발자국 소리를 들었다.
아무도 이웃에게 눈인사를 하지 않았고
누구도 이웃을 위하여 마음을 불태우지 않았다
어둠이 내린 거리에서 두려움에 떠는
눈짓으로 술집을 떠나는 사내들과
두부 몇 모를 사고 몇 번씩 뒤돌아보며
골목을 들어서는 계집들의 모습이
이제는 우리들의 낯선 슬픔이 되지 않았다
사랑은 가고 누구도 거슬러 오르지 않는
절망의 강기슭에 배를 띄우며
우리들은 이 땅의 어둠 위에 닻을 내린
많고 많은 풀포기와 이슬이고자 했다

조진호, 「절망을 위하여」, 26.5×19.5㎝

조진호, 「사평역에서」, 20×24.5㎝

# 사평역에서

막차는 좀처럼 오지 않았다
대합실 밖에는 밤새 송이눈이 쌓이고
흰 보라 수수꽃 눈시린 유리창마다
톱밥난로가 지펴지고 있었다.
그믐처럼 몇은 졸고
몇은 감기에 쿨럭이고
그리웠던 순간들을 생각하며 나는
한 줌의 톱밥을 불빛 속에 던져주었다
내면 깊숙이 할 말들은 가득해도
청색의 손바닥을 불빛 속에 적셔두고
모두들 아무 말도 하지 않았다
산다는 것이 때론 술에 취한 듯
한 두름의 굴비 한 광주리의 사과를
만지작거리며 귀향하는 기분으로
침묵해야 한다는 것을 모두들 알고 있었다
오래 앓은 기침 소리와
쓴 약같은 입술 담배 연기 속에서
싸륵싸륵 눈꽃은 쌓이고
그래 지금은 모두들
눈꽃의 화음에 귀를 적신다
자정 넘으면
낯설음도 뼈아픔도 다 설원인데

단풍잎 같은 몇 잎의 차창을 달고
밤열차는 또 어디로 흘러가는지
그리웠던 순간들을 호명하며 나는
한 줌의 눈물을 불빛 속에 던져주었다.

# 최두석

누에 이야기
까마귀
은행나무
가투
둠벙

## 누에 이야기

누에의 잠은 언제 시작되었는지 모른다
고개를 들고 정지한 모습을 느낄 뿐이다
몇 달이고 계속되던 잠에서 깨는 날
다만 깨어 있으려는 노력으로 꿈틀대지만
곧잘 다시 잠에 취하기 마련
그러나 깨어 있는 지혜를 깨친 누에는
계속 입을 놀려 이야기의 실을 뽑아낸다
이야기는 이야기끼리 스르르 엉켜 집을 짓고
과연 희한한 집짓기를 마쳤을 때
자신은 어느새 집 속에 갇혀 있다.

김경주, 「누에 이야기」, 20×29㎝

김경주, 「까마귀」, 29×21.5㎝

# 까마귀

쌓인 댓잎 위에서 주워든 새털
공중에 띄워 입김으로 불어올리기
홀연히 일어난 회오리바람
바람 속에서 솟구친 까마귀 몇 마리

까마귀들이 원무를 추다 사라진 하늘에서 눈이 내렸다. 언 땅을 디딘 발등으로 내린 눈은 발자국이 되어 뒤에 남았다. 밭머리 수숫대들은 모갱이 잘린 채 섰고 수숫대로 비껴 본 구석방에서 어머니는 자꾸 허리 아팠다. 구들이 타도록 관솔불을 지펴야지, 벌겋게 달아오른 솔방울을 생각하며 건너간 들판의 한쪽에서는 수십 마리의 까마귀가 떼죽음했다.

쌓인 눈 위에 흩어진 독약.

# 은행나무

숙이와의 결혼을 생각할 때 꼭 끼어드는……노오란 이파리는 손바닥에 모였다가 아득히 흩어지고 어릴 적 아버지가 등짐지고 대패질하며 지었던 흙담집 마당에 자라던 은행나무. 매양 숨바꼭질의 중심이었는데……거기를 떠나서 안경의 도수가 점점 높아지던 학창시절, 집으로 편지가 도저히 쓰여지지 않게 되던 어느 날, 확인해 보니, 나무는 이미 장사치에게 팔려 뿌리째 떠나가고 없었다. 팔다리 잘린 채 지금 어느 거리 어떤 번지에서 뿌리 내리려 할까?……단칸 셋방 구해볼 궁리하며 찾아 나선다.

김경주, 「은행나무」, 20×29㎝

# 가투

콩꽃 떨기마다 이상한 나방이 사정射精을 하고 다녔다. 그때 나는 국어선생이었다. 깊이 사랑했던 이념의 말이 교과서 구석에 씌어 있었다. 지면을 응시하자 낱말은 괴성을 지르며 교실을 울리고 멀리 운동장 미루나무 이파리에 머물렀다. 구름은 정말 한가롭게 지나가고 학생들의 한 때는 교련시간이었다. 엎드려 쏴! 찔러, 길게 찔러. 이파리는 사살되어 무참히 찢기우고, 고개를 돌렸을 때 교과서의 활자는 뻔뻔하게 그대로 박힌 채였다. 그해 농부들이 수확한 콩은, 껍질은 탱탱하고 의연했지만 모두 가투였다. 나는 가투의 의미를 가르칠 뿐이었다.

김경주, 「가투」, 29×20㎝

김경주, 「둠벙」, 20×27㎝

# 둠벙

가래 부들 개구리밥 뿌리 밑
미꾸라지 울음소리

한여름 땡볕에 농약을 뿌리다니, 쓰러진 장정은 다시 돌아오지 않고 울화병이 든 그의 아내가 발길로 찬 농약병은 둠벙에 잠겨 들었다.

수렁에 박힌 병은 씻기고 씻기고 오가는 피라미떼 입맞추고 미꾸라지 한 마리 들어가 살게 되었다.

벼꽃이 피어 그 그늘 밑 나들이 나왔을 때 돌연 풍기는 멸구약 냄새에 소스라친 미꾸라지, 병 속에 돌아가 앓아누워 우는 소리

가래 부들 개구리밥 뿌리 밑
미꾸라지 울음소리.

박
몽
구
。

보고 싶은 사람에게 갔다가도
우체국에서
협곡
별
손

# 보고 싶은 사람에게 갔다가도

보고 싶은 사람에게 갔다가도
돌아오고 만다.
으슥한 데 숨어서 지켜보는 눈들을 피해
어두컴컴한 다리 밑을 지나 뻘밭을 건너
첩첩한 고개를 넘어
도라지꽃 붉어진 마음으로 갔다가도
그의 모습을 눈앞에 번히 둔 채
차마 부르지 못하고 발길을 돌린다
부르기만 하면
팔이 가는 내 사람은
날개를 단 듯 달려올 텐데
떨어지지 않는 눈길을 돌려
돌아오고 만다
내가 몰고 가는 새벽을 내내 기다리는
내 사람에게 갔다가도
나를 기다리는 사람의 불같은 희망마저 부서질까 봐
돌아오고 만다.

김경주, 「보고 싶은 사람에게 갔다가도」, 30×25㎝

# 우체국에서

두고 온 남쪽 소식이 그리울 때
불현듯 맺힌 사람이 생각날 때
들르는 광화문 우체국은
반쯤 들떠 있다.

커다란 문을 여는 순간
수천통씩 편지들이 쏟아지고
거미줄보다 더 복잡하게
전화선이 얽힌 우체국은
우리들의 궁금증을 풀어줄 것도 같다.
궂은 비 흘러내리는
가슴의 우울을 씻어 내려줄 것도 같다.

분주한 거리들을 잠시 잊고
죽었을지도 모르는 친구의 소식을 캐기 위하여
멀리 멀리 떨어져서 애타는
사랑의 선을 잇기 위하여
우체국을 찾는다.

그때마다 우체국은 틀렸다고 말한다.
우체국은 옛과는 달리
막상 끊겠다고 마음먹은 소식은

여전히 끓고
정말 궁금한 것은
여전히 그대로 둘 뿐
우체국은 이제 아무것도 맺지 않는다.
우체국에 가면
텅 빈 마음들만 넘쳐 있다.

김경주, 「우체국에서」, 20×26㎝

# 협곡

이제 이 길은 아무도 가지 않는다.
가다가 한낱 벌레만 바스락거려도
누군가는 소스라쳐 돌아선다.
가다가 가다가
누군가는 우리들이 그를 놓치고 있는 사이
종무소식이다.
더러는 산사태에 깔려 숨졌다고도 하고
도시에 나가 잘 배운 친구들의
밥이 되었다고도 하고
이제는 틀렸다고도 한다.

이제 이 길은 아무도 가지 않지만
아무도 침범하지 못하리라.
긴 긴 외로움으로 더욱 빛나는 길
때로는 친구들의 죽음을 보고
때로는 어둠 속에 갇히기도 하지만
아무도 가지 않지만
더욱 외로워져라
더욱 멀어져라

누구의 손도 빌릴 수 없고
노곤한 근육으로

살을 파고드는 아픔으로 가야 하는 길
저 아픔의 산 위에 빛나는 새벽이여
아무도 모르게 찾아올 승리여

조진호, 「협곡」, 19×24.5cm

김경주, 「별」, 29×20㎝

# 별

다 보고 있어요
어느 길이 막혀서 헤매는지
한 가슴에 고인 시름의 바다가
다시 어디로 흘러가는지
시름 바다 고이고 고여서
이 깊은 밤 어디에서
감추어진 원한으로 빛나는지
그리움이 타는 고향 마을에 뜬 별
가시 위에 꽂힌 별
해말간 얼굴을 씻어
다 보고 있어요
입 다문
꽃같은 넋들 어디로 몰려가서
밤새 통곡을 하는지
말하지 않아도
눈빛으로 알아요 맺힌 가슴으로 알아요.

# 손

거센 바람에 날아갈라
찍어 내리는 파도에 부서질라
핏줄이 비치는 내 사람의 손
저는 곧 부서질 듯 부서질 듯
나부끼면서도
내가 가장 약해졌을 때
다시는 일어설 수 없을 것처럼 보일 때
때로 바위 앞에 곧은 소리를 던지다가
파싹 납작해진 계란이 되었을 때에도
모든 불가능을 뛰어 넘어
나를 다시 불타게 하는 것이여
가려진 거리 저편을 다 아는
램프빛 비치는 내 사람의 손
너로 하여
나는 절망의 늪에서 헤어 나왔고
부서진 어깨를 다시 일으켰다
우리들 연약한 것들이 서로 만나
이제 저렇듯 산더미의 도전도
마다 않을
굳은 악수.

조진호, 「손」, 27×20.5㎝

# 시와 판화, 그 '판'의 이중충돌에 대하여

황지우(시인, '시와 경제' 동인)

'5월시'는 우리에게 언제나, 어떤 죄의식으로 먼저 온다. 그것은 그들의 시가 동시대에 일어난 불행에 대한 열렬한 추도사이기 때문일까? 그들의 시를 읽으면 나는 괴롭고 두렵다. 일군의 시적 집적물들이 한 시대를 역사 앞에 소환하여 "너희는 그때 어디서, 무엇을 하였느냐"를 추궁할 때 이 물음을 회피할 방도가 적어도 나에게는 없어서이다. 물론 '5월시'가 이 물음의 답을 갖고 있지는 않다. 그러나 "그 시대의 어둠을 명명命名하도록 부름을 받아, 그 순수한 구속을 기꺼이 받아들일 때 비로소 시를 쓰는 자는 진정할 시인일 수 있다"(김진경, 「제3문학론」, 『땅들아 하늘아 많은 사람아』)는 것을 공동명의로 제시하고 있는 한 '5월시' 동인들은 이 물음을 시의 전폭全幅으로, 끊임없이, 옹호하고 있는 셈이다. 이 완료되지 않은 물음을 이제 '5월시'는 판화의 농축된 공간과 제휴하여 흑백대조법의 극명한 조명 아래 재활시키고 있다.

'5월시'는 1980년대 우리 삶과 문화의 가파른 카타스트로프에 대응해서 나타난 주요 시 동인지들 가운데 하나이다. 같은 시대의 파경에 대해 같은 시대의 말로써 응답한다는 것은, 시인으로서는, '바로 볼 수 없는 일'을 끝끝내 응시해야 하는 고통스러운 책무이다.

> 네가 가서 오지 않는 흙바람 속으로
> 눈을 감고 가야겠네
> 오월 하늘 밑 참꽃 붓꽃 피멍울져

피어도 어지러워 어지러워
두 눈 뜨고 설 수 없는 이곳

—나종영, 「봄을 위하여」

"두 눈 뜨고 설 수 없는 이곳"에서 두 눈으로 이곳을 바라본다는 것은, 분명히 현기증 나는 일이다. 이 현기증 앞에 시인은 눈을 감을 수도 있고, 혹은 현기증까지도 응시하려고 덤비는 수도 있다.

'5월시' 동인들 가운데 나종영은 이 경우, 눈을 감는 쪽에 속해 있다. "눈을 감고" 가는 그의 5월행은 "여윈 넋"을 찾아 가는 초혼招魂굿의 형태를 띠고 있는데, 가령

여윈 넋 찾아가리 에헤라
녹밧줄 어름에 별빛이 뜨네
덩더꿍 칠채가락 흰 부채 바람이 부네

—위의 시

에서 알 수 있듯이, 그의 시가 가락의 내재적 규칙을 통과함으로써 빼어난 서정적 리듬을 포획하고 있는 것도 그와 같은 굿거리장단에 힘입은 바 크다. 그러나 모든 장단에 그런 것이 있게 마련이지만 "칠채가락 흰 부채 바람"의 신명에 "덩더꿍", "에헤라" 하며 놀아나다 보면 "두 눈 뜨고 설 수 없는 이곳"의 슬픔·원한을 '해결'하는 것이 아니라 '해소'해 버리는 것으로 만족해 할 위험이 있다. 두말할 나위 없이, 시에는 '풀이'의 기능이 있다. 그러나 그 '풀이'—그 해소가 자칫 문제의 부재를 가져오는 것이라면, 시는 있는 그대로의 현실을 묵인하도록 암암리에, 끈질기게, 들볶는 지배 이데올로기에

굴복하고 말 것이다. 나종영의 「사육신」은 그 한 예이다. 이 시는 명백히 군신주의의 시대착오적인 교훈(예: "땅 위에 두 임금 섬길 수 없어/오뉴월 모래톱에 뿌린 붉은 피")에 홀려 있다, 이것은 그의 현실인식의 출발점이 되고 있는 오월행이 "눈을 감고" 가는 길이기 때문이리라. 눈을 감는다는 것은 문자 그대로 맹목盲目이다.

그런 점에서, 극히 부분적으로 나타나는 편이긴 하지만, 박주관의 「춘몽」도 오월의 '함성'을 순간적인 흥분의 사출로써 해소시키고 있는 것이 아닌지, 우려되는 부분이 있다.

> 폭포가 곤두박질하다가 떨어지는
> 그 **순간의** **사정**처럼
> 아 하고 외치던 **그날의** **함성**처럼
>
> —박주관, 「춘몽」

그가 말하는 "봄에 관계하는 것들"이 "꿈같은 것"이라면, 그의 5월에 대한 인식은 어떤 의미에서 허무주의적이며, 나쁘게 말하면 경망스럽다고 일컬어질 수도 있다. 그 경망스러움은 그의 현실대항이 성적인 욕설(예: "가랑이를 벌리려거든", "신나게 벌려 주어라")에 의해 대체되고 있는 탓도 있겠으나, 무엇보다도 그가 현실을—그것이 비록, 아무리, 참혹해 보이는 것이라고 할지라도—오래 바라보지 않고 빨리 소리 지르는 데서 연유하는 것이 아닌지 모르겠다. 그의 「하얀 고무신」, 「아버지의 저녁」은 비교적 이런 결점으로부터 자유로워 보인다. 그것은 그가 어두운 현실을 그러나 '밝은 눈으로' 바라보고 있다는 것과 무관하지 않다. 본다는 것은 반성의 시작이며 미래에의 투시, 즉 전망을 뜻한다. 곽재구의 「희망을 위하여」가 바로 이것을 보증한다.

두 눈을 뜨고 어둠 속을 질러오는
한 세상의 슬픔을 보리
네게로 가는 마음의 길이 굽어져
오늘은 그 끝이 보이지 않더라도

—곽재구, 「희망을 위하여」

오늘은 희망으로 가는 길이 비록 "보이지 않더라도," 절망적인 현실을 "두 눈을 뜨고" '본다'는 것은, "두 눈 뜨고 설 수 없는" 이곳이기에 "눈을 감고" 여윈 넋 찾아가는 초혼굿과는 현저히 구별된다. 후자는 현실을 반성 이전의 세계에 방치해 둔다면, 전자는 그것을 반성적인 세계에 두고 있기 때문이다. 전반성인 세계에서 현실은 맹목에 이끌려 가지만 반성적인 세계에서 현실은 목적을 갖게 된다. 그 목적은 미래의 수태受胎이다. 그러나 미래의 표적을 조준하는 기준은, 당연히, 현실에 대한 "시간적 거리를 두고 되돌아 볼 때"라야 가늠할 수 있다.

> 시간적 거리를 두고 되돌아볼 때 우리가 모이게 된 동기가 된 사건은 우리가 태어난 1950년대 이후 겪어 온 모든 모순의 폭발점이며. 또 우리가 태어나기 이전으로 몇 십 년을 거슬러 올라가야 하는 오래된 싸움임을 깨닫게 된다.
>
> —김진경, 「제3문학론」, 『땅들아 하늘아 많은 사람아』

이 깨달음(!)은 현실반성의 소산이다. 즉, 이것은 '5월'이, 분단된 민족의 자해自害행위였던 '6월'의 한국전쟁과 분단을 고착시킴으로써 가중된 억압적인 전체주의 체제로부터 파열되었던 '사월'의 학생혁명을 가로지르고 있음에 대한 깨달음이다. 분단이 전민족에 가해진 자해라는 것을 깨닫게 되었을 때, "우리가 이 땅에 내렸다고 생각하는 삶의 뿌리는 도대체 누구의 뿌리이며 누구의 삶인가? 분단을 수락한 상태에서 우리가 이룩하는 삶이란 근본적으로 뿌리뽑힌 것이 아닌가?"(김진경, 앞의 글)라고 묻는 것은 너무나 당연하다.

분단 상황에 대한 인식이 시 속에 투영되기 시작한 것은 비단 '5월시' 동인들에 의해서만 이루어진 것은 아니다. 이미 1970년대에 고은에 의해서, 그리고 "위대한 청춘"의 계절, 5월의 명명자인 김준태에 의해서, 분단은 오늘 우리 모두를 묶고 있는 아픔의 족쇄이며 저주스러운 형극임이 표현되었다. 그러나 이 역사적 교수선絞首線을 사이에 두고 떨어져 나간 북한 땅을 '여성'으로 호명하는 혹은 교접하는 그들의 경우(예: "누이여, 버들 같은 누이여."—고은, 「두만강豆滿江으로 부치는 편지」, "북한여자北韓女子는/내 살덩이를 삼팔선인양 물어뜯으며"—김준태, 「북한여자北韓女子」)와 달리, '5월시' 동인들에게 분단 상황은 "교과서의 활자"에 의해 교육되어진 것이며, 따라서 어떤 이념, 어떤 허위 의식에 의한 조건반사적인 공격성의 훈련을 강요받는 상황이었다. 이를테면 최두석의 「가투」는, 이 공격성이, '나방의 사정射精' 유로 암시하고 있듯 '남성'의 가학성과 관계가 있음을 보여 준다.

> 콩꽃떨기마다 이상한 나방이 사정射精을 하고 다녔다. 그때 나는 국어선생이었다. 깊이 사랑했던 이념의 말이 교과서 구석에 씌어 있었다. (……) 학생들의 한 떼는 교련시간이었다. 엎드려 쏴! 찔러, 길게 찔러. 이파리는 사살되어 무참히 찢기우고, 고개를 돌렸을 때 교과서의 활자는 뻔뻔하게 그대로 박힌 채였다.
>
> —최두석, 「가투」

이 시의 상황은 국어시간인 교실 안과 교련시간인 교실 밖으로 나뉘어 있다. 동떨어진 이 두 상황은, 그러나, 교실 안에서 가르치는 "이념의 말"이 실은 교실 밖에서 들려오는 "엎드려 쏴! 찔러, 길게 찔러"라는 구령과 조금도 다를 바 없다는 것을 읽는 이에게 추이해追理解시킴으로써 오늘의 분단상황에 대한 설득력있는 알레고리를 구성하고 있다. 이념의 이름으로, 엎드려 쏘고 찌르고 길게 찌를 때, 그 가학적인 자해의 깊이가 어떠하리라는 것은 부언할 필요가 없다. 왜냐하면 최두석은 '5월시' 동인이기 때문이다. 그러나 그가 다른 '5월시' 동인들과 스스로를 구분짓고 있는, 시인으로서의 두드러진 점은 그 자해의 무참함을 얄미울 정도로 차분하게 이야기하고 있다는 사실일 것이다. 그렇다, 그는 시인으로서 노래하지 않고 이야기한다. 그 까닭은, 시인 자신의 설명에 따르면, 그의 "격정의 상처는 노래에 쉬이 덧나/다스리는 처방은 이야기"(「노래와 이야기」)뿐이기 때문이라는데, 바로 그러한 이야기의 기술적記述的인 구조 때문에 그의 시가 다른 '5월시' 동인들이 빠져들기 쉬운 감상주의로부터 보호되고 있다는 점은 유의할 만하다. 그 대가인지 모르겠지만, 그래서 그의 시는 답답하다.

최두석의 「가투」에도 나타나 있듯이, '5월시' 동인들이 분단상황을 시 속에 인각시킬 때 대부분 그것이 학교나 학교 다니던 유년 시절과 관련된다는 점도 주목된다. 이것은 그들이 1950년 이후에 태어난 세대이기 때문일 것이다. 그러니까 엄밀히 말하면 분단의 책임이 면제되어야 할 그들 세대에 학교는 분단상황을 떠받들고 있는 '차가운 전쟁'의 논리를 교리문답시켰던 것이다. 장차 자라서 시인이 된 그들은 시인의 천성인 깨어 있는 의식으로, 그 교리문답의 폭력성·파괴성을 더듬는다. 김진경의 「큰 장수하늘소」와 윤재철의 「여의도 B29」는 그것을 보여 준다.

ⅰ) 선생님의 눈을 피해

우리들의 집게벌레는 책상 위를 돌진하고 있었다.

삼팔선을 넘어 나의 집게벌레가 돌진하면

너의 집게벌레는 책상의 끝으로 몰리고

너는 주먹으로 내 집게벌레를 으깨버렸다.

싸움이 벌어지고

—김진경, 「큰 장수하늘소」

ⅱ) 찰흙 비행기

어린 시절, 풀잎들의 나라

어쩌면 아름다운 꿈의 비행기.

끊어진 임진강 철교 한토막이

다시 피묻은 매 한 마리

은빛 날개, 폭음을 울리며

잠들 사이도 없이, 우수에 잠긴

내 꿈의 나라를 폭격하고

—윤재철, 「여의도 B29」

ⅰ)은 국민학교 자연시간에 선생님 몰래 책상에 두 마리의 집게벌레를 놓고 싸움을 붙이다가 짝궁과 싸움이 붙은 어린 시절의 사건에 대한 기억이 시적 동기가 되고 있다. "주먹으로 내 집게벌레를 으깨"버린, 이 작은 폭력은 책상 가운데 칼로 자국낸 "삼팔선"(1950년 이후에 태어난 세대는 기억나리라)을 중심으로 곧잘 일어나는 경계분쟁에 다름 아니다. 시인은 이 분계선이 폭력과 싸움의 원인이라는 것을, 집게벌레를 으깬 짝꿍이 바로 전쟁 고아라는 사실을 밑받침대로 하여 떠올리고 있다.("복도에서 벌을 서며, 너는 고아원을 탈출하겠

노라고/여름방학이 되도록 너의 책상은 비어 있었다./사람들은 네가 빨갱이 자식일 거라고도 하고"—「큰 장수하늘소」)

그렇지만 분단의 횡단층면을 보여 주는 데 있어서 김진경의 시는 다소 평면적이라는 느낌에서 벗어나지 못한다. 그것은 그가 분단상황을 인과론적으로, 바꾸어 말하면, 사실로서 파악한 데서 기인하는 것 같다. 반하여 분단상황을 사실로서 그리고 사실 이상으로서, 포착하고 있는 윤재철의 「여의도 B29」는 그보다 훨씬 크게 울림이 들려 온다. 이 시는 아름답다. 거기에는 꿈, 환상이 사물, 사실과 버무려져 있기 때문이다. 즉 이 시적 울림은 버스타고 지나가면서 본 '여의도 B29'→어린 시절 공작시간에 만든 '찰흙 비행기'→기억 속에 살아 있는 '피묻은 매 한 마리'로 자유롭게, 빠르게 움직이는 이 시인의 상상력의 몫이다. 그러나 이 상상력은 동시에 외부 현실 ('B29')→유년(찰흙 비행기)→기억(매)이라는 퇴행적 순서에 따라 이미지를 전이시키고 있다는 것을 간과해서는 안 된다. 그렇게 될 때 ii)에서 찰흙 비행기가 임진강 철교를 끊고 "내 꿈의 나라를 폭격"하는 것은 다 '기억' 속에서의 일이다. 요컨대 파괴적인 분단상황에 대한 시적 제시가 추억의 잔해나 흔적에 한정되어 있다는 말이다. 이러한 지적은 윤재철뿐만 아니라 김진경, 최두석에게도 골고루 적용된다.

분단상황이 추억이 아니라 현재의 의식으로, 상흔이 아니라 아직도 아물지 않은 상처로, 짧게 말해서 지금·이곳의 삶에 대한 끊임없는 협박으로 인식되고 표현된 것은 '5월시' 동인들 가운데 이영진에 이르러서야 이룩된다. 그의 「휴전선」은 인생과 죽음의 경계이며 그것은 현재 이 자리에 살고 있는 그의 "일상의 더 나아갈 수 없는 한계"를 이루고 있음을 보여 준다.

어느 날 보이기 시작했다.
인생이 죽음이다 싶을 때 이상하게도
휴전선이 보였다.
책상 위에도, 거울 속에도, 재떨이 위에도, 밥상이나
내 막막한 가난 위에도
휴전선이 보였다.

휴전선의 철조망은
내 목숨을 따라 끝없이 이어지고 있었고
그것은 내 목숨의 한계였다.
내 일상의, 내 꿈의
더 나아갈 수 없는 한계였다.

—이영진, 「휴전선」

이영진에게는 분단의 경계가 '삼팔선'이 아니라 '휴전선'이라는 사실은 퍽 의미심장하다. 이것은 그가 분단상황을, '교과서 속 활자'나 '책상 위 칼선'에서, 혹은 전쟁기념물인 'B29'에서, 역사적 과거형으로 후체험하는 앞의 세 시인들과는 대조적으로, 자신의 몸무게가 실려 있는 삶의 한가운데서, 혹은 그 끝에서, 즉 현실 속에서 진행되는 사건의 현재형으로 만나고 있음을 의미하기 때문이다. 확실히 '휴전선'은 전쟁의 종결이 아닌 그것의 휴지기일 뿐이며, 그런 뜻에서 잠재적이긴 하지만 끊임없는 싸움의 현재형을 지시하는 선이다. 이 '휴전선'이 "내 목숨의 한계"이다는 탁월한 시적 통찰에 이영진이 이르게 된 점올 나는 축하하고 싶다. 분단에 대한 이 같은 통찰은, 전쟁시의 기념비적 수준에 머문 박봉우의 「휴전선」으로부터 이영진의「휴전선」을 구분짓는 중요한 차이점이며, 분단을 남녀상열

지사적 그리움의 공간적 거리로, 혹은 유년기 기억의 시간적 거리로 떨어져서 바라본 앞의 여러 시인들의 시각과도 다르다. 분단상황에 대한 인식의 이러한 성숙이 이영진에게 가능했던 이유는, 아마도 추측건대, 그가 오월의 화염 속을 몸소 지나온 때문이 아닌가 한다. 그 삶의 극점에서 즉 "인생이 죽음이다 싶을 때", 그가 "내 목숨의 한계"로서 '휴전선'이 보였다고 말하는 것은, "우리가 모이게 된 동기가 된 사건은 우리가 태어난 1950년대 이후 겪어온 모든 모순의 폭발점"이다는 5월시 동인들의 공통된 인식에 대한 시적 보증, 바로 그것이다. 그런 점에서 '휴전선'은 DMZ를 뜻할 뿐만 아니라, 그가 앉은 책상과 밥상 위로도, 그가 걷는 금남로와 광주천 위로도 지나가고 있다.

그러나 휴전선은 언젠가 무너질, 그리고 무너져야 할 선이다. 그것은 나누어져 있는 '둘'이 '하나'가 될 때까지의 전선이지 않으면 안 된다. 이영진의 「휴전선」이 이러한 전선의 함의를 결여하고 있음은 유감이다.

「휴전선」은 목숨의 한계이면서도 그에게는 "넘어갈 수 없는 슬픔"일 뿐, 자기 목숨을 넘는 싸움은 아직 없다. 이것은 그의, 채 청산되지 못한 감상주의 탓이다.

> 하늘에도 휴전선은 가득 펼쳐져 있었고
> 나는 하늘을, 그 한계를
> 그 넘어갈 수 없는 슬픔을 고개를 젖히고 바라다보며
> **눈물이 났다.**
>
> —이영진, 「휴전선」

휴전선의 슬픔을 누가 모른다고 했나? 그런 빤한 사실을 두고,

‘나는 눈물이 났다’고 말하는 것은 이 시가 모처럼 획득한 인식의 긴장감을 일시에 허물어 버린다. 즉 휴전선은 전선이어야 한다는 인식을 감상주의가 방해하고 있다. 내 생각에 그의 감상주의는, 휴전선의 의미를 현실 은유로 받아들일 때의 “휴전선의 저 끝/저 끝에서 오는 찬란한 눈물”과 관계가 있는 것 같다. 바꿔 말해서 그것의 의미가 5월의 추도만으로 머물려 하는 것과 관계가 있다. ‘찬란한 눈물’은 찬란한 만큼 기념이며 추도이다. 그러나 기념과 추도는 상황의 종결을 암암리에 인정하는 것일 수 있다.

휴전선을 없애는 방법, 즉 분단을 극복하는 방법은 감상주의에서는 찾아지지 않는다. 감상주의는 거부가 아니라 소모의 정서이기 때문이다. 분단극복은 모든 대항의 논리가 그런 것처럼.

말하자면, 변증법적인 사고에서만 발견된다. 이런 발견을, “교육원 붉은 벽돌담에 달라”붙어 있는, ‘담쟁이’로부터 이끌어 낸 윤재철의 주의력이 비상하다.

> 부정이 긍정이 되고
> 다시 긍정이 부정이 되는
> 소리없는 싸움과 삶의 논리를
> 너는 **뿌리같은** **네** **몸으로** **엮어**
> 보이지 않는 작은 균열로부터
> 보이지 않는 작은 뿌리를 심으며
> 오늘 너는 소문없이 기어오르고 있다.
>
> —윤재철, 「담쟁이」

“부정이 긍정이 되고/다시 긍정이 부정이 되는” 싸움과 삶의 논리가 다름아닌 변증법이라는 것은 주지된 상식이다. 시의 섬세한 공간 안에 이런, 약간 무지막지한 상식을 끌여들었을 때 맞이하게 되는 위험을, 그러나 그의 시가 거뜬히 이겨내고 있다는 점이 시인으로서 윤재철의 남다른 점이다. 이 남다름은 상식으로서의 변증법(그 싸움과 삶의 논리)을 담쟁이의 '뿌리같은 몸'의 생리生理로부터 추이할 수 있는 그의 돌출한 형상화 능력에 의존한다. '담쟁이'로 형상화되고 있는, '기어오름' 그리고 '넘어섬'의 의미는 이미 고착되어 버린 것처럼 보이는 절망적인 분단 상황에 대단히 시사적인 빛을 던져준다. 담쟁이가 분단! 그 절망의 벽에 뿌리같은 몸을 대고 기어오르는 일, 즉 "뿌리 박고 넘어서는 일"을 알려주는 방식은, 휴전선! 그 목숨의 한계를, "그 넘어갈 수 없는 슬픔"을 바라보며 눈물짓는 감상주의적 태도와는 근본적으로 차이가 있다. 그 차이는 휴전선이 전선의 연장인가 아닌가 하는 차이이기도 하다. 요컨대 그것은 극복의 있고 없음의 차이일 터인데, 한 가지 더 나의 눈길을 끄는 것은, 이 극복의 움직임이 '소리없는 싸움'·'소문없이 기어오름'으로 그려지고 있다는 점이다.

그러한 점은 가령 나해철의 「강강수월래」에서 노래하는, 절규하는 "열망"을, 얼핏 성급한 것으로 보이게끔 할 수도 있다.

그날이 오면 우리가 추는 춤
복된 춤은 네가 되리라 강강수월래
손에 손을 맞잡고 가슴에 가슴을 이어
동쪽의 너도 서쪽의 너도
남과 북의 너도 하나가 되어
얼싸안고 뛰리라 강강수월래

—나해철, 「강강수월래」

왜냐하면 "남과 북의 너도 하나가 되어/얼싸안"을 수 있는 것은 진정으로 전선이 해제된 후의 일이기 때문이다. 그렇지 않은 상태에서 "손에 손", "가슴에 가슴"을 잇는 화해에의 열망은 가짜 화해를 가져올 수도 있다. 민족 재통일은 소리높은 열망만으로 오지 않으며, 그것은 소리없는, 소문없는 기어오름·넘어섬의 의미를 이해했을 때 비로소 다달을 수 있는 어떤 고지이다. 거기에 이르는 길은 그래서 "아픔으로 가야 하는 길"이다. 그리고 아픔을 통과할 때라야만 그 승리는 가짜 승리가 아니다.

누구의 손도 빌릴 수 없고
노곤한 근육으로
살을 파고드는 아픔으로 가야 하는 길
저 아픔의 산 위에 빛나는 새벽이여
아무도 모르게 찾아올 승리여

—박몽구, 「협곡」

승리를 맞는 새벽, 그러나 그 이전의 아픔의 산정山頂에 누가 오를 것인가? 그 고지로 가는 길, "긴긴 외로움으로 빛나는 길"에 이제 아무도 가지 않는다면, 명백히 박몽구에게도 개인주의가 있다. 그의 이 개인주의가, 그러나 노출된 집단주의보다 지금은 더 이로운 상황에 우리가 속해 있다고 나는 생각한다. "한낱 벌레만 바스락거려도" 소스라치는, 그의 외로운 '잠행'이 적어도 자기 고립의 협곡에 갇히지 않고 새벽의 산정으로 가고 있는 한!

나는 '5월시' 동인들의 시를 분석하기 위해서 이 글을 쓴 것은 아니었다. 나의 의도는 그들 시의 의미론적 편람을 작성하는 데 있지 않고 그들의 시 한 편 한 편이 한 장 한 장의 판화와 만났을 때 점화

点火되는 의미의 각기 다른 꽃불을 보려는 데 있었다. 그러나 한 편의 시와 한 장의 판화가 맞부딪쳐 일으키는 의미의 이중충돌을 이해하려면 '5월시' 동인들을 '5월시' 동인들이게 하는 어떤 전체적인 게스탈트에 대한 선先이해가 앞서 있지 않으면 안 된다. 어떠한 개별적인 작품도 우리가 그것을 이해하는 데에는 그것의 전체성에 대한 선입견(Vorurteil)이 작용하기 때문이다.

지금까지 나는 '5월시' 동인들의 시를 한 궤로 꿸 수 있는, 하나의 전체적 형태를 추려내려 하였다. 그러나 나는 그런 작업을 하면서 치명적인 실수를 저질렀다. 작품의 개별성을 묵살했던 것이다. 나는 의미분석을 했고 또 그것만 했다. 그렇지만 그 의미분석이 한 편의 시 전체가 아니라 몇 행의 텍스트에만 의존할 때, 한 작품의 전체가 갖는 의미와 그것의 부분이 갖는 의미 사이에는 무시 못할 편차가 있으리라는 것을 나는 인정한다. 그러니, 이 글에서 내가 추려냈다고 생각하는 '5월시'의 전체상도 잘못된 것일 수 있다는 것을 나는 인정한다. 과연 그런지 안그런지를 알아보는 것은 전적으로 독자의 일이다. 같은 시를 다르게 읽는 일은 언제나 있어야 한다. 독자에게도 할 일이 있다.

* *

나는 기쁘다. 무엇보다도 좋은 '판화가' 조진호와 김경주를 만난 때문이다. 조진호와 김경주를 판화가라고 부를 수는 없을 것이다. 판화를 제작하는 사람들의 경우가 '대개' 그렇듯이, 이들에게도 판화는 자신의 회화적 작업의 연장으로 제작되고 있기 때문이다. 그러나 이들이 보여준 45점의 판화를, 그리고 작업에 임하는 자신의 태도를 적은 글들을 보면. 이들에게 판화는 단순히 회화적 양식의 막다른 출구로서 추구된 것이 아니라는 것을 첫눈에 알 수 있다. 오히려 이들은 판화의 본질, 즉 '의사소통'의 한 방식으로서 판화가 갖는 회화적 내용—형식의 의의를 꿰뚫어보고 있다. 조진호는 말한다. "판화版画의 특성이 대중과 쉽게 이야기를 할 수 있다는 면에서, 나의 성격과 즐겁게 맞아 일반회화작업을 하면서 판화작업을 하고 있다." 그리고 김경주도 말한다. "유독 미술이라는 작업만은 그 일품성一品性 때문에 전시장 안의 미라가 되거나 특정 애호가의 독점물이 되고 만다는 사실이, 복제 가능한 장르인 판화로 하여금 '전달'이라는 기능의 확산을 수행토록 해 볼 수 있지 않을까 기대하는 요인이 아닌가 생각합니다."

그렇다. 판화는 중세 독일에서 성했던 성서 도해로부터 시작한 그것의 발생 배후가 말하고 있듯이, '이야기'의 전달 방식인 것이다. 그러므로 무릇 판화가 흥한 시대는 할 말이 많은 시대이며, 그런 만큼 혼미한 시대이다. 바꿔 말하면 판화는 한 시대의 혼미에 대한 저항에 사역하는 칼이며 침이다. 판화의 황금시대를 일으킨 독일 르네상스는 종교개혁과 농민전쟁으로 유혈이 낭자한 시대였다. 고야의 연작판화 「전쟁의 참화」 82점은 1808년 5월 마드리드 학살의 회화적 목격에 다름 아니다. 20세기에 판화를 부활시킨 독일 표현주의자들은 점점 다가오는, 그리고 끝내 저질러진 양차 세계 대전의 불안과 공포를 표현했다. 보다시피 판화가 판치는 시대는 결코 행복한 시대는 아니다. 그것은 역으로, 판화가 한 시대에 창궐해 있는 무지와 폭력적인 도그마에 대한 '깨움'으로서, 혹은 야만에 대한 '경고'로서 대결하고 있음을 뜻한다. 깨움이든, 경고이든 판화가 이렇듯 '깨어 있는 정신'의 소산이며 동시에 잠든 정신을 깨우는 각성제의 역할을 한다는 점에서 그것은 조형적 계몽주의에 종사한다. 이 계몽주의는 '이야기'를 손쉽고 효과적으로 전달할 수 있는 판화의 독특한 표현성과 긴밀히 관련되어 있다. 대저 '이야기'란 몹쓸 마법에 걸려 있는 현실 세계를 깨우는 이성의 주문이다. 그러나 깨어 있다는 것은 얼마나 가혹한 환멸인가?

내가 판화에 '눈독' 들이게 된 개인적 내력은 '멕시코 문명전'(국립현대미술관, 1979년)에서 보았던 포사다(Posada)와 멘데즈(Méndez) 등의 판화로부터 비롯된다. 그때 내가 보았던 포사다의 「총살」, 「사파타파派의 병사」, 「우에르타의 해골」과 같은 동판화들은 내 눈에는 너무나 가혹한 공간이었다. 해골들을 먹고 있는 해골전갈, 해골밭을 달리는 말을 탄 해골 병사, 구두를 수선하는 해골들, 춤추는 해골들의 파티 등 가히 해부학적인 끔찍스러움으로 가득 찬 그의 판화공간은, 그러나, 오랜 스페인 압정에 대한 투쟁과 1910년 멕시코 혁명 과정을 우회하지 않고 정면으로 맞서 살아온 그의 삶의 면적이자 멕시코 현대 역사의 파사드이다. 그런 의미에서 그의 판화가 담고 있는 사회적·역사적 메시지는 '끔찍스러운 것'이 아니라 '끔찍스럽게 하는 것'이라고 말해야 바르다. 그의 풍자는 현실을 환멸로 이끌며 그것과 대치하도록 하기 때문이다.

조진호가 제작한 고무 판화들은 내가 포사다의 동판화들에서 받았던, 풍자의 전율적인 인상을 되살린다. 가령 사제의 검은 두건을 쓴 해골이 교회 건물을 바라보고 있는 「여의도 B29」는 한 시대의 암장된 주검에 대한 풍자를 노골화露骨化한다. 교회의 검은 내부에 들어 앉혀진 무덤들과 하얀 십자가들, 그리고 이 흰 십자가와 교회첨탑 위의 검은 십자가 사이의 대비가 나의 이런 느낌을 지지하고 있다. 나의 이런 느낌은, 아버지인 듯한 사나이가 그의 딸인 듯한 시신을 들고 서 있는 「희망을 위하여」에도 연장된다. "흑과 백, 이 두 가지야말로 내가 가진 전부다"고 한, 베크만의 말을 나는 기억한다. 조진호가 구축하고 있는 「희망을 위하여」의 공간도 철처한 흑/백 대비의 기법에 의해 나뉘어 있다. 즉 아버지/딸, 살아 있음/죽어 있음,

서 있음/누워 있음의 대비가 아버지를 새긴 음각(흰색)/딸을 새긴 양각(검은색)의 대비에 의해 지탱되고 있다. 죽은 딸을 안고 서 있는 아버지—그러나 그가 '절망'에 무릎 꿇지 않고 '희망'을 향해 걸어 나오고 있는 것을 붙잡은 이 작품은 판화의 기법인 '대비'를 정신의 수준으로까지 끌어올린 한 예이다. 그것은 그가 곽재구의 시정신을 정확하게 이해했다는 증거이기도 하다.

조진호, 「여의도 B29」

조진호, 「영산포 7」

시의 텍스트를 먼저 받아 놓고 판화작업을 하는 경우라 할지라도 판화가 반드시 시의 정확한 이해를 바탕으로 한 도해일 필요는 없다. 판화는 시를 설명하는 것이 아니라 그것에 대한 또 하나의 표현이기 때문이다. 조진호의 「노래를 위하여」는 단순히 나해철의 「노래를 위하여」의 조형적 복사라고는 보이지 않는다. 노래를 위하는 데 있어서 판화는 '노래'의 뜻을, '통곡'과 동등하게 놓고 있는 시와 달리, '함성'의 몸짓으로 돌려버리고 있다. 하늘을 향해 벌린 입, 빗으로 빗은 듯이 흩날리는 머리카락, 가슴 앞으로 내민 손을 측면으로, 그리고 강한 운동성을 나타내는 사선 구도로 포착하고 있는 조진호의 판화 공간은 확실히,

목이 쉬고 가슴이 타면
혼을 쥐어짜서 네가 외친다면

노래라 부르며 통곡한다면

"차라리 너(가수)는 행복하다"고 말하는 나해철의 시적 공간보다 더 저항적으로 보인다. 확실히 조진호의 판화적 특징은 저항적인 선에 있다. 그의 「이화중선」, 「분노」, 「가난한 나라의 꽃」은 그의 과감한 칼질이 남긴, 선의 튕기는 듯한 힘을 충분히 느끼게 해 준다. 특히 낫을 쥐고 웅크리고 앉은 두 농부의 모습을 새긴 「영산포 7」은 내 눈에는 그의 걸작으로 들어온다. 거기에는, 농부들의 휘둥그레 뜬 눈, 혹은 부릅뜬 눈에서 느낄 수 있는 것처럼, 저항의 밑바닥에 공포가 있음이 잘 새겨져 있다

반면에 그의 「소국」은 실패작이다. 그의 칼질이 하나의 집중된 형상화를 전혀 얻지 못하고 있기 때문이다. 이것은 그가, '무엇을', '어떻게', 판화 속에 주입할 것인가에 대한 자각된 조형 의지를 갖지 않았음을 말한다. 곧 이야기하게 될 김경주에게도 해당되는 말이지만, 무엇보다도 조진호의 판화 세계에는 그가 판화로써 대對하고 있는 현실에의 보다 심층적인 인식이 아직은 결여되어 있는 것처럼 보인다. 이를테면 「여의도 B29」에서 그는, 시인의 상상력이 인도하고 있는 분단상황에 대한 인식의 길을 한 발자국도 따라가지 않았다. 그는 여의도의 B29를 보지 않고 순복음교회만 본 것이다.

김경주의 판화를 처음 보았을 때 나는 그의 나이가 우선 궁금했다. 판화에 나타난 그의 소묘능력이 너무 월등하게 보였기 때문이다. 그의 약력은 그가 1956년 강진에서 태어나 지금은 지방대학에 재학 중이다는 것만을 보여 주고 있다. 그 흔한 그룹전이나 공모전 한 번 가진 적이 없는(그래서 나는 그를 모른다), 이 무명의 청년 예술가로부터 내가 천재를 발견했다고 말하는 것은 나의 만용일까?

아니면 맹점일까? 그러나 이 만용과 맹점을, 가령 그의 「춘몽」, 「풀벌레」, 「가투」, 「아버지의 저녁」, 「강강수월래」와 같은 작품들이 작품 자체로써 견디어 낸다. 흑·백의 절묘한 배합에 의한 명·암의 입체감, 농·담의 중량감을 획득하고 있는 그의 이러한 작품들은, 예컨대 표현주의자들이 판화에서 발견했던 것과 같은 표현성의 마력을 그가 터득했음을 예시한다. 그리고 그가 판화 속에 구성하고 있는 이른바 '오브제들'은 능히 시적이라고 할 만큼, 그의 표상능력은 탁월하다.

완숙한 손에 의해 파내어지는 김경주의 판화공간이 우리에게 감동을 동반하는 것은, 사실, 사선을 넘어 온 삶에 대한 그의 관통하는 듯한 응시 때문이다. 그의 꿰뚫는 듯한 눈은, 그러므로 현실에 대한 어떤 적개심도 품지 않으며 그렇다고 해서 패배를 울부짖는 절망감으로 가득 찬 것도 아니다. 그는 묵음默音된 고통을 침착하게 투시하는 밝은 눈을 가진 사람이다. 이상하게도 그의 판화 속에는 침묵이 깊다. 과연, 그가 새기고 있는 인물들—일하는 사람들, 장례를 치르는 여인들, 심지어는 징을 치는 농부까지도 입을 꾹꾹 다물고 있다. 그의 이러한 정숙주의는 나에게는, 마치 한 시대의 소리 죽인 부음을 듣는 듯한 느낌을 갖게 한다.

우리는 모두 그의 판화 앞에 상객으로 서 있다. 확연히, 고대이집트 미술의 '정면성의 원리'를 떠올리는 그의 「봄을 위하여」, 「춘몽」, 「봄밤에 비는 내리고」 등은 봄의 장례를, 보는 이로 하여금 측면으로 보게 한다. 그 행렬을 측면으로 보이게 한다는 것은 마치 어린이들이 기차를 측면으로 그리는 것처럼 지각구조상 그 행렬을 가장 잘 보이게 하는 것이기도 하지만, 동시에 그것은 보는 이가 행렬에 가담하는 것을 거절하는 것일 수도 있다. 다시 말해서 상객에게 죽음은 역시 손님일 따름이다. 봄의 죽음이 나의 그것임을 깨우치게 할 수 있는 방법은 판화의 평면성을 기법적으로 그가 어떻게 극복하느냐에도 달려 있을 것이다. 가령 그의 「사육신」은 이에 대한 답 가운데 하나인 것 같다.

김경주, 「춘몽」

김경주, 「사육신」

김경주, 「아버지의 저녁」

가령 그의 「사육신」에서는 봄날의 장지로 가는 길이 원근법적 깊이를 지님으로써 보는 이도 그 길을 함께 따라 가고 있다는 실감을 준다. 검은 대지, 순교의 흰 길을 끝 간 데까지 고개 떨구고 가고 있는 원경의 두 사람, 그리고 그들이 고개를 넘어가기 전에 더 따라 갈 수 없는 곳에서 하늘 향해 고개를 쳐들고 서 있는 근경의 모녀…… 이러한 모티브들로 이루어진 이 작품에서 내가 주목하고 싶은 것은, 하늘을 탓하고 원망하는 듯한 어머니의 일그러진 얼굴과 대조적으로, 기울어진 하늘 저 너머로 다가올 어떤 희망을 꿈꾸는 듯, 혹은 그것을 위해 기도하는 듯, 눈 감은 딸의 얼굴이다. 어떠한 저주도 어떠한 절망도 없는, 어떠한 고통의 각인도 들어가 있지 않은 이 지순한 얼굴은 바로 순교의 미래이다. 왜냐하면 이 딸은 자라나는 세대이니까! 그런 점에서 김경주는 순교의 의미를 과거에서 끌어오고 있는 나종영의 '사육신' 해석을 수정한 셈이다.

김경주 판화의 테마는 이 같은 5월의 추도( i ) 외에도 분노와 비애의 결합(ii), 일하고 놀이하는 민중의 현실(iii), 화해의 날들에 대한 열망(iv)을 담고 있다. 그러니까, ii)「우체국에서」, 「눈길」,

「과꽃」, iii)「아버지의 저녁」, 「별」, 「보리밭 가에서」, iv)「강강수월래」, 「가투」 등이 그의 판화주제의 연속적인 프로그램을 이루고 있는 일련 작품들이다. 이 가운데 특히 그의 「아버지의 저녁」은 '성숙한 리얼리즘'의 한 본보기라고 말할 수 있을 만큼 도전적인 작품이다. 이 작품은 쇠스랑으로 밭을 가는 농부, 빈 바구니를 들여다보고 있는 그의 아내, 멀리 연기를 피워 올리는 공장 굴뚝을 전경에서 배경까지 각각 배치하고 있다. 이런 배치가 얼핏 보기에 부자연스럽고 비연속적인 것처럼 보인다. 왜냐하면 그러한 배치는 비사실적이기 때문이다. 그럼에도 불구하고 그것을 '성숙한 리얼리즘'의 전례라고 말할 수 있는 이유는, 이 작품이, '보이는 현실이 아니라 보아야 할 현실'을 보여 준다는 데 있다. 자연주의와의 차이는 거기에 있다. 셀즈(Selz)가 그의 저서 『독일 표현주의 회화』의 첫 장에, "화가는 일상적으로 우리 눈에 저절로 들어오는 것을 그리는 것이 아니라 우리가 보아야만 하는 것, 또 우리가 볼 수도 있는 것, 바로 그런 것들을 그린다"는 괴테의 말을 인용하는 까닭을 나는 알 것 같다. 글쎄, 모름지기 판화란 현실의 재현도 반영도 불가능한 것 아닐까? 이것은 어디 판화뿐이랴! 그런 점에서 표현주의와 리얼리즘을 대립시킨 루카치의 관심이 참 편협했구나 하는 것을 나는 느낀다. 왜냐하면 현실을 드러내는 데 있어서 표현주의와 리얼리즘의 경계란 사실 흐물흐물한 것이기 때문이다. 소설이든, 판화든, 그 속에서 '이야기된' 현실이란 그것의 표현매체, 즉 말이나 막막한 평면의 불완전성 때문에 그것을 나타낼 때는 어느 정도의 이상화·양식화 과정을 어차피 거친 것이 아닌가. 성숙한 리얼리즘은 이미 표현성을 잉태하고 있다.

공장의 연기와 농부 아내의 빈 바구니 사이의 의미 관련은, 조금 현학적인 용어를 빌리면, "보이는 것의 보이지 않는 하부 구조"(메

를로 퐁티)를 드러내며, 이 드러냄은 현실의 반영이 아니라 그것의 표현이다. 텅 비어 있는, 그 캄캄한 바구니 속을 농부 아내가 물끄러미 들여다보고 있는 것은 그녀의 몰수된 현실에 대한 응시이자 그것의 시위이기도 하다. 공장의 연기가 그녀의 바구니 속에 들어 있어야 할 결실의 증발을 나타낸 것이라면, 그럼에도 불구하고 쇠스랑으로 밭을 내리 찍는 이 농부에게 과연 '일하는 것의 의미'란 무엇인가? 단순히 근육의 수축-팽창인가? 김경주의 「아버지의 저녁」은 바로 이것을 묻고 있다. 그것은 물음이 아니라 거의 항의에 가깝다. 그러나 이 작품이 갖는 커다란 예술적 설득력은 그러한 물음을, 항의를, 고성방가로써가 아니라, 예민한 손 끝으로 파헤쳐진 선의 절제된 외침으로써 제기하고 있다는 데 있다. 근육의 섬유질 같은 세선이 무늬져 있는 하늘도 나에게는 우연한 것으로 보이지 않는다.

그의 「별」, 「보리밭 가에서」도 「아버지의 저녁」과 같은 리얼리즘 계열에 속한다. 그러나 김경주는 현실을 드러내는 데 있어서 과감한 생략과 그것의 양식화를 통해 현실의 질서를 재구성하는 작품들도 많이 보유하고 있다. 그의 「가투」, 「강강수월래」, 「은행나무」 등이 그런 작품인데, 이것은 명백히 리얼리즘의 월경이다. 나는 그의 월경을 탓하지 않는다. 그는 넘어가서도 현실 알레고리가 풍부한, 또 다른 기특한 조형세계를 구축하기 때문이다.

김경주, 「가투」

김경주, 「강강수월래」

예컨대 그의 「가투」는 마치 고려시대, 동자희희상童子喜戲像을 보는 것 같다. 개구리같이, 다족류 벌레들같이, 뛰노는 사람들을 문양화시킨 이 작품은 우습고 징그럽다. 반면에 그의 「강강수월래」는 뭔가 비장하고 힘찬 남성을 강조하는 것이 느껴진다. 이 두 작품에 나타나고 있는 '유희'의 의미는 사뭇 대조적이다. 놀고 있는 사람이 양각으로 표현되었느냐 음각으로 표현되었느냐의 차이도 있지만, 전자가 '낮'의 놀이라면 후자는 '밤'의 놀이다. 낮의 놀이는 얼싸덜싸 패거리를 지었지만 분산되고 왜소화된 개인들의 집합인 데 반해서, 밤의 놀이는 알몸으로서의 만남, 온몸으로서의 만남이며, 그러니까 화해와 통합의 모임이다. 밤과 달과 여성의 원무인 '강강수월래'를 남성의 나상으로 대체시킨 김경주의 상상력이 경이롭다.

특히 쓰러질 듯 일어서는 힘과 그것을 붙들어 주고 당기고 밀고 하는 팔뚝들의 연결은 팽팽한 긴장감을 화면에 불어 넣는다. 이런 긴장감은 둥근 칼로 동체를 뚝뚝 떠낸 그의 빠른 칼질에서 기인하지만, 굵은 허벅다리에 돋아난 근육과 함께 강한 역동성을 이 작품에 부여한다. 그런데 웬지 이 역동성은 기쁨이 아니라 고통으로 온다. 밤을 표상하는 흑색 바탕과 달빛 받은 남성의 알몸의 대비가 눈이 아플 정도로 선명한 탓일까?

김경주, 「은행나무」

지금까지와는 다른 재료인 목판에 나무, 새, 아이를 착색하여 앉힌, 김경주의 「은행나무」는 아예, 시다. 그리고 지나치게 시적이다. 특히 나뭇잎 속에서 세 마리의 백조가 유영하는 수면을 보도록 사물을 제 마음대로 고쳐 버리는 그의 시작 환기력은 감쪽같다. 물론 시와 그림이 등가 교환 체계를 이룬 행복한 시대가 있었다. 그러나 그림이 지나치게 시적이라는 말은 결코 좋은 말이 아니다. 이 말은 김경주에게 예술주의의 위험에 대한 경고를 의미한다. 그의 「은행나무」는, 말할 것도 없이, 참신하고 좋다. 나무 뿌리에서 나뭇잎 상단에까지 '포커스 아웃'되어 있는 청록색의 은은한 변화는 치솟는 수액처럼 싱싱하다. 그가 나무 속에서 물을 발견한 것도 이 때문일 텐데, '푸르른 성장'을 표상하는 이 은행나무를 보고 있으면 나는 한없이 안온한 휴식을 느낀다. 아, 우리는 얼마나 쉬고 싶어 하는가! 그러나 이 휴식을 정지이고 마비이고 영면이고…… 꼭 그런 것은 아니겠으나 그렇게 그렇게 되어 버릴 위험이 많다. 예술주의의 위험은 예술을 휴식을 위한 장식화에로 곧바로 가져간다는 점에 있다 그의 「까마귀」, 「과꽃 2」와 같은 작품들은 정말, 장식적이다. 거기에는, 「은행나무」에서와 같은 시적 통풍도 없고, 그의 리얼리즘 계열의 작품에서 만나게 되는 현실—메시지도 없다. 이를테면 「과꽃 2」는 한낱 신문소설의 삽화에 지나지 않는다.

조진호와 김경주의 판화 45점을 이 글에서 다 판독할 수는 없다. 그렇지만 그것들을 한번 쭉 통독(나는 판화도 읽는다!)한 후 내가 받은 느낌은 그것들이 각각 짝짓고 있는 시와의 내적 의미 관련이 기대했던 것 이하로 약하다는 점이었다. '5월시' 동인을 대신하여 김진경은 시와 판화의 만남이 그것들의 의미 관련(Sinn-Zusanmenhangen)을 통한 삶의 총체성을 폭넓게 펼쳐 보일 수 있는 기회이길 바랐던 것 같은데, 이런 주문이 조진호와 김경주에게는 여

간 부담스러운 것이 아니었으리라. 시·판화의 만남은 그들에게는 비가시적인 것을 가시화해야 하는 일이기 때문이다. 그러나 시를 판화로 옮길 때의 서로 다른 매체에서 오는 저항력 때문에 양자의 의미 관련을 잃는 것은, 즉 김경주가 말한 것처럼 "시는 시대로 판화는 판화대로" 분절되는 것은 시·판화의 자율성도 그것의 총제성도 포기하는 것이 된다. 일례로 「보리밭 가에서」나 「송광사에서」와 같은 작품은 시 따로 판화 따로이다. '5월시 판화시집' 에서 시도되고 있는 시와 판화의 만남이 이렇듯 그것들 사이의 내적인 의미 연계를 결하는 것처럼 보이는 이유는 표현매체의 상이함에 있는 것이 아니라, 표현 이전에 시 쓰는 사람과 판화 만드는 사람이 각각 현실을 보는 인식의 차이에 있다. '5월시'에 공통되게 표현되고 있는 분단현실이 조진호와 김경주에게는 망막의 맹점에 위치한다. 분단 현실이 그들에게도 자각되도록 시인들과 판화가들 사이의 공통감각의 확인이 마저 되지 않았다는 점이 내가 '5월시 판화시집', 『가슴마다 꽃으로 피어 있어라』에 대해 갖는 작은 불만이다. 그리고 이 작은 불만은 '5월시 판화시집'에 대한 나의 너무 큰 사랑의 짝꿍이다. 말하기 어려운, 오늘의 적요한 삶을 절망의 극점에서 희망의 극점으로 인도하는 '5월시 판화시집'은 우리 모두의 고통스러운 문신이기도 하기 때문이다.

**박주관**

1953년 전남 광주에서 태어나 광주일고와 동국대 국문과를 졸업했다. 1973년 「풀과 별」로 등단했다. 상명여고 교사로 재직 중 '5월시' 초대 동인으로 참가했다. 문예진흥원을 거쳐 『무등일보』, 『호남신문』, 『광남일보』 기자를 지냈다. 시집으로 『남광주』, 『몇 사람이 없어도』, 『사랑을 찾기 위하여』, 『적벽은 아름답다』 등을 펴냈다.

2001년 천상병문학상 등을 수상하였다. 2012년 지병으로 광주에서 사망하였다.

**나종영**

1954년 전남 광주에서 태어났다. 교편을 잡은 아버지를 따라 함평, 장성, 강진 등으로 초등학교를 이곳저곳 옮겨 다녔다. 어린 시절 학교를 여러 곳 옮겨 다닌 탓에 여러 고을의 자연과 지리, 풍습을 체험했고, 이것이 후에 문학을 하는 데 좋은 자양분으로 작용했다. 수많은 시인, 소설가를 배출한 광주고등학교 문예반에서 활동했고, 부모님의 권유로 전남대 경제학과를 입학하고 졸업했다.

1981년 창작과비평사 13인 신작시집 『우리들의 그리움은』으로 등단했으며, 시집으로 『끝끝내 너는』, 『나는 상처를 사랑했네』 등이 있다.

1980년대 초 광주민중문화연구회와 도서출판 광주의 창립에 주도적으로 관여했고, 광주·전남작가회의, 순천작가회의의 출범을 이끌었다. 또한 2005년 9월 광주·전남 지역 최초의 종합문예지 『문학들』을 지역 문인들과 함께 창간하고 지금까지 통권 60호를 발행했다. 현재는 한국문화예술위원회 위원, 조태일시인기념사업회 부이사장으로 있다.

**김진경**

1953년 충남 당진에서 태어났다. 휴전이 되기 3개월 전에 태어나 전쟁의 흔적 속에서 어린 시절을 보냈다. 첫 시집 『갈문리의 아이들』은 이러한 어린 시절의 풍경과 사람들은 계속 살아가기 위해서 이 참혹하고 낯선 상처들을 어떻게 친숙하게 녹여 낼까 하는 물음이 담겨 있다.

1974년 한국문학신인상으로 등단했다. 자족적인 시 쓰기를 수년간 하던 중 1980년 5월 광주항쟁이라는 피 흘리고 있는 상처를 만나 '5월시' 동인으로 활동하고, 이후엔 교육운동에 참여하게 되었다. 이후 본업이라고 생각하는 글쓰기와 교육운동 관련 활동 사이에서 갈등하며 지냈다. 그동안 교육에세이집 『스스로를 비둘기라고 믿는 까치에게』를 내기도 했고, 동화 『고양이 학교』로 프랑스 아동청소년

문학상 앵꼬릡띠블상을 받았다.

### 윤재철

1953년 충남 논산에서 태어나 초중고 시절을 대전에서 보냈다. 서울대 국어교육과를 졸업하고 1981년 '5월시' 동인으로 작품 활동을 시작했다.
시집으로 『아메리카 들소』, 『그래 우리가 만난다면』, 『생은 아름다울지라도』, 『세상에 새로 온 꽃』, 『능소화』, 『거꾸로 가자』, 『썩은 시』 등과 산문집으로 『오래된 집』, 『우리말 땅이름 1·2』 등이 있다. 신동엽문학상과 오장환문학상을 받았다.
1985년 『민중교육』지 사건으로 구속 해직된 후 1999년 복직되어 다시 교직생활을 하다가 정년퇴임하여 현재는 자가 격리되어 집필활동에 전념하고 있다.

### 나해철

1956년 전남 나주에서 태어났다. 유아 때부터 10세까지 영산강의 둑 바로 밑에서 살았다. 상여가 나가고, 굿판이 열리고, 마당에서 혼례를 올리고, 큰집에 사람들이 모여 제사를 지내는 동안, 바라보는 흥겨움과 신비와 슬픔이 있었다.
1972년 광주일고에 입학하여, 후에 '5월시' 동인이 되는 곽재구, 박몽구, 최두석을 동기동창으로 만나고, 나종영과 박주관에 이끌려 문학 서클 '용광'에 가입했다. 대학에서는 곽재구가 곁에서 시를 잃지 않게 해 주었다. 1976년 대구 영남대에서 주최하는 천마문학상 시 부문에 당선되었다. 1982년 『동아일보』 신춘문예에 당선되고, '5월시' 동인에 합류했다.
시집으로 『무등에 올라』, 『그대를 부르는 순간만 꽃이 되는』, 『긴 사랑』, 『꽃길 삼만리』 등을 펴냈다. 2016년 세월호 참사 때 304편의 하루 한 편의 시를 써 페이스북에 발표했고, 『영원한 죄 영원한 슬픔』이라는 제목의 시집으로 엮어 냈다.
한국작가회의, 민족문학연구회 소속이다.

### 이영진

1956년 전남 장성에서 태어났다. 1976년 『한국문학』에 「법성포」 등으로 한국문학 신인상을 수상(1976)하며 등단했다.
1981년 동인 결성에 주도적 역할을 하여 '5월시' 동인시집을 발간했다. 도서출판 청사, 인동출판사 등을 거쳐 1986년 자유실천문인협의회 사무국장을 역임했고, 『전남매일신문』 사장, 광주아시아문화전당 기획단장 등으로 일했다. 이후 아프리카의 남아프리카공화국과 나미비아, 미얀마 등에서 오지탐사를 하면서 사진 촬영에 몰두하고 있다.
시집으로 『6·25와 참외씨』, 『숲은 어린 짐승들을 기른다』, 『아파트 사이로 수평선을 본다』 등이 있다.

**곽재구**

1954년 전남 광주에서 태어났다. 전남대 국문과를 졸업하고, 숭실대 대학원에서 한국현대문학을 전공했으며, 현재 순천대 문예창작과 교수로 재직하고 있다. 1981년 『중앙일보』 신춘문예에 시 「사평역에서」가 당선되어 문단에 등단했으며, 이후 '5월시' 동인으로 활동했다.
시집으로 『사평역에서』, 『전장포 아리랑』, 『한국의 연인들』, 『서울 세노야』, 『참 맑은 물살』, 『꽃보다 먼저 마음을 주었네』, 『와온 바다』, 『푸른 용과 강과 착한 물고기들의 노래』 등을 간행했으며, 시선집 『우리가 별과 별 사이를 여행할 때』 등이 있다. 신동엽창작기금(1992), 동서문학상(1996), 대한민국문화예술상(문학, 2018)을 받았다.

**최두석**

1956년 전남 담양에서 태어났다. 중·고등학교는 광주에서 다녔고, 서울대 국어교육학과를 거쳐 국어국문학과 대학원을 졸업했다.
1980년 『심상』을 통해 등단했고, 시집으로 『대꽃』, 『임진강』, 『성에꽃』, 『사람들 사이에 꽃이 필 때』, 『꽃에게 길을 묻는다』, 『투구꽃』, 『숨살이꽃』 등을, 평론집으로 『리얼리즘의 시정신』과 『시와 리얼리즘』을 간행했다. 오장환문학상을 수상했다.
강릉대 국문과 교수를 거쳐 현재 한신대 문예창작학과에서 교수로 일하고 있다.

**박몽구**

1956년 전남 광주에서 태어났다. 전남대 영문과를 졸업하고, 한양대 대학원 국문과를 졸업했다. 1977년 월간 『대화』로 등단하여, 5·18 광주민중항쟁을 주제로 한 시집 『십자가의 꿈』을 비롯, 『칼국수 이어폰』, 『황학동 키드의 환생』 등의 시집을 상재했다. 한국크리스찬문학상 대상을 수상했다.
1978년 민주교육지표 사건 관련 1년여의 수배와 투옥 끝에 1980년 당시 시국 관련 학생 조직인 전남대 복학생협의회 회장을 지냈다.

5·18 당시 전남대생 200여 명과 함께 전남대 앞에서 계엄군과 대치 중 시민들과 합세하기 위해 금남로로 진출하여 전투경찰 및 계엄군과 맞서 싸웠다. 이것이 5·18의 발단이 된 것으로 평가받고 있다. 5·18 기간 중 범시민궐기대회를 주도한 혐의 등으로 내란죄로 수배 투옥된 바 있다. 5월구속부상자회 회원이다.
5·18 이후 서울로 상경하여 자유실천문인협의회 청년위원장 등을 지냈다. 월간 『샘터』 편집장을 역임하고, 현재 계간 『시와문화』 주간, 순천향대 객원교수로 있다.

판화

**조진호**

1952년 전남 광양에서 태어났다. 조선대 미술과를 졸업하였고, 개인전 「향」(2008), 「관(觀)_세상을 바라보다」(2018) 등 다수의 개인전과 단체전을 하였다. 광주시립미술관장, 광주비엔날레 이사를 역임하였으며, 광주전남미술인공동체 대표를 역임하였다. 현재 광주미술상 이사이다.
대동미술상과 오월어머니상을 수상하였다.

**김경주**

1956년 전남 강진에서 태어났다. 호남대, 조선대 대학원을 졸업하고, 1983년 '5월시' 동인들과 함께한 「5월시 판화전」을 시작으로 목판화, 드로잉, 유화, 수묵화, 사진 등으로 12회의 개인전을 가졌다. 「힘전」(1985), 「우리시대 30대 기수」(1986), 「광주 목판화 3인 초대전」(1988), 「우리시대의 표정전」(1991), 「불법 압류 판화전」(1991), 「동학 100주년 기념전」(1994) 등 100여 회의 국내외 기획전과 초대전에서 작품을 발표했다.
현재 동신대학교 사회문화대학 공연전시기획학과에 재직 중이다.

## 나해철

노동과 자잘한 축제가 번갈아 열리고, 농악과 당골네 굿판이 자주 펼쳐진 영산강가에서 자라난 나에게 시는 노동이고, 농악이고, 축제이고 또한 굿판이다. 마주하는 생명과 일치되고자 온 정성을 다하는 노동이고, 그 일치의 순간 터져 나오는 농악이고, 기쁨의 축제이다. 그리고 시는 바라보는 대상과 일치를 이룰 때 이뤄지는, 시간과 공간의 분별이 없어지며 피어나는 한순간의 노래이고 바로 당골네의 공수와 같은 신성한 것이다. 그리고 또한 가난한 강마을의 촌아이가 살아 낸 세계의 자연과 서정, 사람살이가 뼈와 살과 피가 되어 함께 노래로 존재하게 되는 것은 피할 수 없는 일이다.

그러나 1980년 광주에서 광주민중항쟁을 겪은 후, 시를 쓰는 사람으로서, 자기 발언을 할 수 있는 공공의 지면을 가진 사람으로서 뼈아픈 책임과 의무를 느끼지 않을 수 없게 되었다. '5월시' 동인으로서 지속적으로 계속 동인지를 내는 문학적 행동을 해야 한다고 동인들과 함께 노력했던 시간들이 지금도 귀한 시간으로 삶에 남아 있다. 현장에서 살아남은 자의 부끄러움과 부채감이 시를 쓰게도 하였고, 한동안 시를 쓰지 못하게도 하였다. 민중과 민족과 역사를 도외시해서는 결코 안 되는 시인의 숙명을 지금까지도 껴안고 있어서, 당연히 인간사에는 잘 적응하지 못하는 서정시인으로, 떠돌이와 같은 삶을 살고 있다고 스스로를 생각한다. 그때 광주에서 비겁하게 살아난 것에 대한 것이 40년이 넘은 지금까지도 생생하게 삶을 지배하고 있다고 감히 말할 수 있다.

2016년 세월호 참사 때 문학인의 행동으로 하루 한 편의 시를 304편까지 써서 페이스북에 발표하였다, 그 후에도 정권의 폭정이 계속되어 페이스북의 그 시들을 다듬어 『영원한 죄 영원한 슬픔』이라는 제하에 304편의 세월호 연작시가 실린 시집을 발간하는 문학적 싸움을 하였다. 이 일에는 1980년 광주민중항쟁 때 다하지 못한 문학 행동을 부끄러움 덜하게 끝까지 해야 한다는 스스로의 결심이 있었다, 오늘 현재까지도 이 일을 페이스북에서 계속하고 있으며 이 작업이 현재는 삶을 지탱하는 중요한 힘이 되고 있다.

나해철

## 박몽구

올해로 광주민중항쟁 40주년을 맞이한다. 얼마 전 그 역사의 현장을 돌아볼 기회가 있었다. 속속 새 건물들이 올라서고, 낡은 역사가 헐리고 KTX 역사가 들어서는 등 세상은 크게 달라졌다. 하지만 그날 못지않게 민초들에게 가해진 삶의 매듭은 가혹해지는 등 사람살이는 더욱 힘들어지고 있다. 겉으로만 달라졌을 뿐 더욱 어려워지고 있는 민중 생존의 현실을 돌아보면서, 배운 자 가진 자들이 더욱 자기를 덜어내고 낮아져야 할 것 같다. 겉으로만 화려한 속도를 늦추고 이웃들과 함께 가야 할 것 같다. 그 같은 소박한 생각을 시로 담아 보았다.

박몽구

## 윤재철

시는 갈수록 외롭지만 시를 추억하는 일은 마음이 푸근하다. 첫사랑 여인을 추억하듯 아련해진다. 그러나 실패한 사랑의 일처럼 후회 또한 머리를 들어 시를 추억하는 일이 끝까지 편안하지만은 않다. 더구나 지금의 나는 어디로 가고 있는가, 지금의 나를 밀고 가는 것은 무엇인가에 생각이 미치면 꿈처럼 아련했던 마음은 찰흙으로 닫힌 문 앞에 선 듯 답답하고 우울해진다.

나는 능소화를 너무 늦게 만났다. 나이 오십이 다 되어서 만났으니 어린 시절 청년시절의 능소화를 나는 잃어버린 것이다. 해직 생활의 끝 무렵, 고창군 백수읍 길룡리 소태산이 대각했다던 영산성지, 한편 가겟방에 대병소주 사러 들락거리다가 난생 처음으로 능소화를 만났다. 동백꽃은 벌써 다 지고 바야흐로 여름으로 들어서는 길목, 눈부시게 쏟아지는 햇빛 속에 낡은 블록 담장을 가득 덮은 초록잎 사이로 무수히 얼굴을 내민 주황빛 꽃들. 그때 마주친 능소화는 너무 강렬했다. 외로운 객지 생활에 감당할 수 없을 정도로 농염했다.

얼마 전 내 친구 최병우 교수가 메시지를 보내 왔다. 가끔 술자리를 약속하고 안부나 묻던 메시지에 대고, "네 시집은 모두 가지고 있는데 네 번째 시집 『세상에 새로 온 꽃』만 없어 교보문고에서 구했다"면서 "이 시집까지는 능소화 이미지가 안 나오는 걸 신기해 하며 읽는다"고 쓴 것이다. 다섯 번째 시집 『능소화』를 염두에 둔 얘기일 텐데 소설을 전공한 녀석의 시적 안목에 새삼 놀랐다. 네 번째 시집까지는 능소화가 등장하지 않는다는 사실을 알아차린 것이다.

능소화에 대한 나의 늦깎이 사랑은 강렬한 바 있었다. 그러나 늦깎이 사랑이어서 그랬던지 꽃을 보는 마음은 많이 달라졌다. 그 왕성한 초록잎과 주황빛 꽃송이 속에서 끝내는 입 벌린 허무를 보아 버린 것이다. 뜨거웠던 만큼 그 안에 똬리 틀고 있던 허무는 독했다. 나의 입 벌린 허무론에 대해 친구 녀석은 메시지 말미에 "오죽헌 뒷담 능소화가 생각나네. 고혹적이어서 처량한 주황색"이라고 썼다. 나보다도 더 시인이 되어 버린 녀석의 말이 얼얼했다. 고혹적이어서 처량하다니!

윤재철

### 이영진

빛의 기억들

산란하는 빛의 아침, 어둠이 가신 산골은 태초의 첫날처럼 경이롭다. 아직 아무런 이름이 붙여진 적이 없는 산골의 아침, 빛은 찬란한 익명의 세계를 펼쳐 놓는다. 이슬에 발등을 적시며 서늘한 기운이 건너오는 산길을 걸어 숲으로 간다. 바랭이, 쇠비름, 명아주, 강아지풀, 박주가리, 환삼덩굴, 털진득찰, 도꼬마리, 개망초, 여뀌로 가득 찬 언덕받이에 이르렀다. 듬성듬성 고추가 자라는 비알진 곁에 잔디로 뒤덮인 봉분 하나가 곱다.

낭자한 매미소리가 햇살 속의 세계를 들어 올린다. 한여름 고추가 익어 가는 인적 없는 산골마을 뒷산, 이 풍경은 얼마나 친숙한 세계인가. 너무 흔하고 친숙해서 이미 자각적인 범주 밖으로 밀려나 버린 세계. 그러나 이 세계야말로 어떤 언어보다 먼저 우리의 생 앞에 다가와 있는 근원적인 공간이었다. 여기서 더 무엇을 기다릴 수 있단 말인가. 스스로 묻고 답하는 세계, 빛나지도 않는 평범한 질문들이 시간 너머의 향기를 뿜어낸다.

내면의 무의식처럼 현존 앞에 선험적으로 펼쳐져 있는 소여所與의 세계가 바로 이런 곳이다. 흰 개망초가 무리지어 피어 있고 환삼덩굴이 온 산의 빈곳을 채우는 고요한 산비알은 때 묻지 않은 형상으로 가득 차 있다.

반생명의 질서와 가치가 척도인 세계에서 이러한 풍경은 그저 은둔자들의 무의지적 공간으로 치부되기 쉽지만 이런 공간이야말로 우리가 잃어버린 '미래'이자 몸이 꿈꾸는 간절한 노스탤지어라고 말할 수 있다. 효율과 실용성, 소유와 소비로 대표되는 디지털 문명의 세기에 이름 없는 우리의 산야가 펼쳐 놓는 이 평범한 풀이름들과 대지의 건강성은 소통 불능의 근대적 자아에 대한 강력한 구원의 메시지일 수 있다. 얼핏 무갈등, 무방향의 자연주의로 받아들여질 위험성도 없지 않지만 우리가 희구하는 몸의 길은 비릿한 풀냄새를 동반하고 있는 이런 길이다.

이영진

### 최두석

살아 있는 씨앗처럼

광주항쟁이 일어난 1980년은 개인적으로 등단한 해이자 사회에 첫발을 내디딘 해이기도 하다. 출발선에서부터 삶과 시의 근본을 되묻게 되는 그 우연이 나를 운명적으로 '5월시' 동인으로 이끌었다.

'5월시' 동인으로 활동하던 1980년대는 시를 통해 광주항쟁을 보고 광주항쟁을 통해 시를 보던 시절이었다. 광주항쟁은 세상에 갓 발을 내디딘 신출내기 시인에게 삶과 시의 길을 비추는 어둠 속의 불빛이었다. 광주항쟁의 불빛으로 시의 길을 간다는 것, 그것은 고통이면서 동시에 광영이었고 속박이면서 동시에 자유였다. 그 길에서 미워할 것은 분명히 미워하였고 사랑할 것은 애타게 사랑하였다.

그렇게 길 떠난 지 꼬박 40년, 굼뜨고 더딘 걸음으로 헤매기도 많이 하였으나 꾸준히 내 나름의 길을 걸어왔다. 사람들의 삶의 이면을 들여다보고 살아온 이야기를 어루만지면서, 풀꽃과 나무와 새 등 온갖 생명의 생생한 아름다움에 취하기도 하면서, 자극적인 언어의 유행에 맞서 내실이 있는 질박한 언어를 단련하기도 하면서, 살아 있는 씨앗처럼 사람들의 마음속에서 싹트는 힘을 가진 시를 꿈꾸기도 하면서, 그렇게 시의 길을 가며 특별히 자랑할 일은 만들지 못했지만 이제 와 새삼스럽게 가지 않은 길에 대한 미련은 없다.

최두석